AF290665

Mica Russ

Nicht mit mir!

Ein Transgender-Roman

Regenbrecht Verlag

Herstellung: BoD – Books on Demand, Norderstedt

Regenbrecht Verlag, Berlin 2018
Alle Rechte vorbehalten
www.regenbrecht-verlag.de
ISBN: 978-3-943889-833

Umschlagbild: Liegender Mann unter blühendem Baum, Paula
Modersohn-Becker, Städel Museum Frankfurt

Mica Russ wuchs auf im westfälischen Lippstadt, arbeitete lange im Medienbereich in Bremen, wohnte während dieser Zeit in Worpswede, schrieb Erzählungen wie »Geschieden«, »Muttertag«, vor allem Bücher zur Biografie Heinrich Vogelers und zur Geschichte der Worpsweder Künstlerkolonie, zuletzt, sozusagen als Resümee: »Von Gold zu Rot. Heinrich Vogelers Weg in eine andere Welt«. Außerdem eingehende Beschäftigung mit Kierkegaard, die sich niederschlug in dem Beitrag »Der Himmel ist eine Rose, ist eine Rose«, erschienen in der Bremer Anthologie 2003. Lyrik gehört ebenfalls ins Werkverzeichnis: »Intensive Stationen«, veröffentlicht 2003. Die genannten Titel erschienen allerdings unter dem Pseudonym David Erlay. Weiteres Pseudonym: Marion Conas (»Die Hügel des Vatikans«, »Der Tag der Tage oder Brüderchen und Schwesterchen«). Wann immer möglich: ab ins Tessin, nach Frankreich.

Life is what happens to you
while you are busy making other plans.

John Lennon

Ob ich was einpacken darf? Bin wahrhaftig kein bisschen vorbereitet. Aber was weiß ich denn auch? Außer dass ich festgenommen werde, nichts. Und packen, wie sich das schon anhört. Wenn, darf ich sicher nur das Nötigste mitnehmen. Die Toilettentasche vielleicht. Gekauft erst vorgestern, eine sehr blaue, Leder, trotzdem nicht so schön wie die vorige, die aus Luino. Leider abgenutzt. Und ein paar Sachen zum Wechseln. Habe einfach null Ahnung, werde sie gleich fragen müssen, meine Kommissarin. Jeden Augenblick kann sie in der Tür stehen. Mir schleierhaft, weshalb sie nicht längst schon geläutet hat. Was gibt es noch zu ermitteln? Hätte im Grunde gar nichts verbergen müssen, wie ich es anfangs tat. Wozu? Je mehr ich denke, um so dunkler ist alles. Wie lange es wohl bis zum Prozess dauern wird? Jedem wird der Prozess gemacht. Der von Sören ist schon abgeschlossen. Schuldig! Vogeler, Rilke, wie lächerlich, sich jetzt noch mit ihnen abzugeben. Nur an Kater Romeo denke ich gern. Nagt aber doch sehr, die Ratte Schuld. Angeblich gibt es sogar eine glückliche. Felix culpa. Sündengefühl bei der Ausführung des Beschlossenen stand mir nicht im Wege. Wollte ahnden, bloß das. Wie absurd seine Bemühungen, mir die Stationen seines Langlaufs erklären zu wollen, für mich hätte er den Faden nicht durchs Loch ziehen müssen. Weiß so immerhin, dass er in der Schweiz und in Kopenhagen angeklopft hat, sogar in Tanger. Gemacht wurde es schließlich in der Uniklinik Hamburg. Beziehungen. Alles nicht mein Bier, obgleich es auch meines hätte sein müssen. Zog die Schmach allein durch, mein trüber Held. Giftgans Elke wird ihren Anteil daran gehabt haben. Aber schließ den Deckel, Regina, versuch es zumindest, über alles. Auch über das Erstaunen der Bestattungsleute angesichts seines spektakulären Körpers. Glatt ein Event, das denen geboten wurde. Sollte doch ein Mann sein, der da vor ihnen lag. Ist es ja auch geblieben, trotz Einschaltung der Behörde. Jeder Mann kann schließlich aussehen wie er will, heute kann er das. Also Sören, keine Maria Rief. So weit war es nun doch noch nicht, trotz aller scheinbaren Eindeutigkeit nicht. Bin heilfroh, dass das alles überstanden ist, ich noch vor den »Tagesthemen« in der Zelle bin und damit aus der Welt. »Tagesthemen«? Bewege mich doch noch in der Welt. Aber keine Anrufe mehr, Fragen der Kommissarin. Zumindest das ein Vorteil des Weggesperrtseins. Wie hell es plötzlich wieder ist. Dabei will es doch Abend werden, und der Tag hat sich schon geneigt. Bin ich müde, geh ich zur Ruh'? So ist es nicht. Wer räumt eigentlich die Kränze vom Grab weg? Nicht fragen, Regina. Hätte Conz aber was vom Grappa anbieten sollen, vor allem, weil die Flasche da stand. Und Conz nimmt doch so gerne einen. Selbst merke ich den Grappa überhaupt nicht. Musste sonst nur nippen, und er stieg mir ins Hirn. Conz. Was der wohl sagen und vor allem denken wird? Blieb alles ausgespart vorhin.

An irgendeiner Stelle lässt meine Kollegin Jean Rhys eine junge Frau ja auf die »großartige Idee« kommen, »sich zu Tode zu trinken«. Okay, »Kollegin« ist zu hoch gegriffen, bin ja nur Übersetzerin und sie Romanautorin, eine aus der Karibik und eine geheimnisvolle dazu. Das, wovon sie spricht, wäre freilich auch auf mich zu beziehen, so mit der Formel: Da ich nicht nach meiner Vorstellung leben durfte, könnte ich wenigstens nach ihr sterben. Wo nicht das eine, da das andere. Letzteres hätte noch den Vorteil des nicht zu Überbietenden. Was keine Steigerung mehr zulässt, besaß schon immer meine Sympathie. Wenn ich aber eines hasse, dann Tod (und per Grappa oder Gin würde ich ihn schon gar nicht herbeirufen). Das mit Sören liegt auf einer anderen Ebene. Dass aber gerade an jenem Tag in der FAZ ein Artikel überschrieben war mit »Mord ist eine Kunst« … Eine Aussage, wie für mich getroffen. Doch Selbstmord, der von Jean Rhys gefeierte, käme er für mich je in Frage? Ich müsste von Sinnen sein. Außerdem: Selbstmord ist auch ein Mord, und einer reicht mir, wenngleich von Mord bei mir ja eigentlich keine Rede sein kann, nicht wahr?

Gewinnen könnte ich in meiner Zelle das Gefühl fürs reine, pure Leben, fürs Leben als solches, eines, das nicht abhängig ist von Menschen und Umständen – und vor allem nicht von anderen, was die gesagt, gedacht, getan haben. Unsere verdammte Worpswede-Manie, das Dasein nach den Uhren Außenstehender abzufragen. Was zum Beispiel geht mich eine Jean Rhys an? Sehr wohl aber gehe ich mich selber was an, und da sage ich mir: Die Aussichten sind zugspitzenmäßig, Regina, du parkst an günstiger Stelle. Die jetzige allerdings ist beschissen. Denn der Stand der Ermittlungen, der berühmte, ist am Endpunkt angelangt, die Kommissarin hat genug in der Hand, um mich festnehmen zu können, Handschellen sicher auch. Bin ohnehin erstaunt, dass es noch nicht geschehen ist. Was war denn auch schon groß herauszufinden? Zunächst, höchst naiv, ging ich sogar davon aus: Sie erscheinen hier und führen dich ab. Als wenn alles von Anfang an klar sein würde. So aber war's nicht, und ich leistete ja auch keinen Beitrag, um diese Klarheit zu schaffen. So als wäre es irgend eine stinknormale Kriminalgeschichte. Wartete ab, nicht gerade in aller Ruhe, doch einigermaßen cool, ließ alles an mir vorüberziehen, was sonst, in Romanen oder im Fernsehen, die Leser und Zuschauer so fasziniert. All diese detektivischen Hausaufgaben, sie ließen mich im Grunde gleichgültig, obwohl doch Betroffene. War nicht mal richtig gespannt, wann die Sache für die Kommissarin kein Rätsel, sondern offene Tatsache war. Offen, doch mit Fragezeichen. Für mich ja ebenfalls, und wie! Seltsamer Zustand. Und das von Anfang an. Hätte vielleicht auch ein Fall für Patricia Highsmith sein können. Die Bücher von ihr mag ich. Lese sonst, anders als andere Frauen, wenig Krimis. Frauen und Mord, da soll es ja eine besondere Beziehung geben. Meine Beziehung ist ganz bestimmt eine besondere. Sagt sogar die Kommissarin. Aber was heißt »sogar«. Erstmal jedenfalls ist alles gesagt, von mir sowieso, denn was sollte dieses mein Schweigen? Sphinx-Theater. Ob gleich jemand mitkriegt, wie ich ins Auto verfrachtet werde, so mit der üblichen Hand auf dem Kopf? Hat mich immer schon gewundert, weshalb dem Täter beim Einstieg der Kopf runtergedrückt wird. Jetzt ist meiner dran.

Verdammtes Würgegefühl. Und das Herz ebenfalls in Aufruhr.

Zuerst hatte ich, sehr naiv, leise frohlockt, als ich mitkriegte, dass die Ermittlungen von sehr provinzieller Seite erfolgen würden, nicht von Bremen her.

Als die Namen Osterholz-Scharmbeck und Verden genannt wurden, dachte ich aufatmend, na, kriminalistische Raffinesse kann da wohl kaum zuhause sein. Die hätte ich vom großen Nachbarn erwartet, doch Bremen, weil eigenes Bundesland, fiel ja aus, Polizeisachen sind nun mal Ländersache. Nun also kam diese Kommissarin, Hauptkommissarin, die aus dem niedersächsischen Hinterland quasi, und machte sich daran, die beschlagene Scheibe hier blankzuputzen. Die war für sie natürlich voll blinder Flecken – wie bei einem antiken Spiegel, auf dem ja auch nur vage Umrisse zu erkennen sind. Verdammt schnell, ich wunderte mich, schaffte die Kreisstadtfüchsin es, den Spiegel aus seiner antiken Verfassung zu befreien und das Ganze freizulegen. Habe mich dennoch nicht gleich geschlagen gegeben. Wollte aber eigentlich was damit erreichen? Es gab doch nichts zu erreichen. Was in ihrem Kopf vorgeht, so in Wahrheit, das würde ich schon gern wissen. Vielleicht sitzt sie irgendwo und gönnt sich noch einen Kaffee, bevor sie gleich hier auftaucht. Könnte mir vorstellen, dass ihr Kollege derweil im Auto sitzt und aus der Thermosflasche trinkt. Habe ihn die ganze Zeit fast gar nicht wahrgenommen, den verschlafenen Maulwurf.

Nur sie, die Kommissarin.

Wie ein Mobile, diese Frau.

Ich auch?

Gut jedenfalls, dass Silke wieder im Süden ist. Habe mich ja nicht bei ihr geoutet. Es wird sie noch früh genug belasten. Oder auch nicht. Taffes Geschöpf nämlich, meine Silke. Wird vielleicht schon wissen, wenigstens wittern, was Sache ist, dass ich, ihre Mutter … Keine hochgezogenen Augenbrauen aber (inzwischen sind die ja auch schon perfekt in Form gebracht). Doch ihre Gedanken wird, muss sie sich machen. Trotzdem ein Zusammensein ohne Spannung, beinahe, als wenn nichts wäre, also nichts wäre außer der Tat als solcher. Die hat sie natürlich stumm gemacht. Wenn Weinen, dann ein lautloses. Doch, sie hat viel geweint, aber sie ließ es bei sich. Weinen im Nebel. Wenn's nach mir ginge, ein Dauerzustand. Leider ein frommer Wunsch. Dann ist ihr Vater nicht nur tot, umgebracht worden, sondern ich, die Mutter, habe das schlimme Zeichen auf der Stirn. Oder werde ich ihr beibringen können, dass die eigentliche Schuld bei ihm liegt, ihrem Vater? In dem Moment, wo die Wahrheit offensichtlich wird, muss es sie zerreißen. Mit welchen Folgen für uns beide? Wenigstens war es nicht die so häufige Symbiose Vater–Tochter. Nur ein einziges Mal habe ich sie in einer Situation erlebt, die man bis vor einiger Zeit als der Todsünden schlimmste ansah. Habe ich aber schon seinerzeit nicht so empfunden. Meine Güte, warum sollte das nicht geschehen? Und Silke hat ja auch kein SOS gefunkt, als ich es damals mitbekommen habe, abgesehen davon, dass ja nichts Schlimmes im Gange war. Alle haben wir getan, als sei die Szene kein Drama (das sie ja auch nicht war).

Allerdings, als später Elke davon anfing, nicht etwa von diesem kleinen Ereignis, davon wusste sie ja nichts, doch als an jenem Nachmittag das Thema von ihr angestoßen wurde, da war mein Gefühl doch ein mulmiges. Obwohl, wenn ich jetzt darüber nachdenke:

War es da schon passiert oder passierte es später? Ist ja egal. Ich war da jedenfalls ein bisschen, wie soll ich sagen, unruhig bei dem Gedanken, es könnte doch so etwas wie ein Trauma hervorgerufen haben. Andererseits: Da Traumen ja inzwischen in Mode sind, und Moden hasse ich, konnte ich die Unruhe schnell glätten. Kann natürlich sein, dass es bei Silke irgendwann doch einmal aufsteigt und nachträglich zur Belastung wird, zur Belastungsstörung. Unmöglich aber wird es sie fürs Leben geschädigt haben. Müsste dann eben zur Therapie, zu einer kurzen, hoffe ich. Und weshalb soll es auch immer die Mutter sein? Hat Sören ja nun im großen Stil bewiesen. Zur Rache stehe ich.

Die Gertrud-Kolmar-Gedichte würde ich zu gern mitnehmen. Sind mir fast das Wichtigste – so wichtig wie das tägliche Brot, sagte man früher. In meinen besten Zeiten habe ich gedacht: Wenn ich so sein könnte wie diese Frau und Jüdin. Zuletzt wenigstens noch die aufwühlende Liebe mit einem 22-Jährigen, und sie 48. Na ja, unter Todesschwingen geschieht vieles. Aber leben wir nicht immer unter Todesschwingen?

Bei Netzel gegenüber machen sie gerade dicht. Den Laden werde ich fast am meisten vermissen. Er gehört zu Worpswede wie der Tannenbaum zu Weihnachten. Oft genug habe ich dort ein Buch gekauft oder bestellt, zuletzt die neue Goethe-Biographie. Bei Leuten wie Goethe hört es ja nie auf mit den Biographien. So blättert das Leben sich auf, bis zur Farbe des sommerlichen Schlafgewandes. Netzel ist die Nachrichtenbörse von Worpswede. Da bestätigt sich: Worpswede ist wirklich noch ein Dorf, auch wenn es sonst kaum eines mehr ist. Die Kommissarin hat sich dort ja ebenfalls umgehört, mehrfach. Als sie gestern rauskam, dachte ich: Jetzt, jetzt ist es soweit. Gestern hatte sie auch zum ersten Mal einen Rock an, fast wie zu einem Fest.

Nicht nur Netzel muss ich abschreiben, Barnstorff nebenan genauso. Einen besseren Butterkuchen habe ich noch nirgendwo bekommen. Der alte (nicht mehr lebende) Barnstorff: eine Legende. Barocke Figur wie aus einem Roman. Fuhr sonntags nachmittags die fünf Minuten zur »Nachtfalterbar«, zu den Damen dort. Wird so erzählt.

Kannte Worpswede von der Schule her, im Zusammenhang mit Rilke. Das Gleiche bei Sören. Der Dichter hatte eine Zeitlang in der nordischen Künstlerkolonie gelebt, hatte sich sogar hier »einschneien« lassen wollen, so sehr gefiel's ihm im Land der Birken und Wolken. Sören wurde dieser Lobgesang zu einer Herzensangelegenheit, plante zwar nicht konkret, mal in Worpswede Fuß zu fassen, doch eine Sehnsucht war vorhanden. Wer hat noch mal gesagt, dass aus Gedanken Taten werden? Gibt doch diesen Spruch.

Im Übrigen war er froh, dass seine Eltern (eigentlich ja sein Vater) ihm den Vornamen Sören mit auf die Welt gegeben hatten – aus Verehrung für den Schöpfer der »Kleinen Seejungfrau«. Der hieß zwar nicht Sören, war aber eine überaus poetische Natur, welche die schönsten Sachen hervorgebracht hatte, nur mochte man dessen Vornamen Hans Christian nicht einfach jemand anderem überstülpen, selbst nicht dem eigenen Sohn – und so hatte man sich eben eines anderen berühmten Dänen bedient und

Sören gewählt. Gewiss höchst ungewöhnlich und wohl auch ein wenig verschroben, einem Märchendichter auf diese umständliche Weise zu huldigen – wohlgemerkt: ihm, Andersen, nicht etwa Kierkegaard, von dem hatte man sich, aus Verlegenheit, den Vornamen nur ausgeliehen hatte. Mir gefiel es sehr, dass man dem Vater der »Kleinen Seejungfrau« einen Kranz hatte flechten wollen, das gab meinem Verhältnis zu Sörens Vater einen positiven Schub. Für ihn tut es mir am meisten leid, dass jetzt eine so düstere Lage entstanden ist. Finster angeblickt hat er mich auch, oben auf unserem Friedhof. Weil er mich schon in Verdacht hatte? Sören selbst war es bei seinem Vornamen ja tatsächlich um Kierkegaard zu tun. Kierkegaard der Obergrübler, und es gab genügend Tage, an denen Sören es von ihm abguckte. Unsere nachgeholte Hochzeitsreise mussten wir ja auch unbedingt nach Kopenhagen machen, wo der quirlige Denker und Dichter täglich seine Augen schweifen ließ, nicht zuletzt in der Hoffnung, die verlorene Geliebte wieder einzufangen, zumindest optisch. Gefiel mir aber sehr, die vom Meer angewehte Stadt. Wir sind noch zweimal dort gewesen, ist ja von Worpswede nicht allzu weit, gut an einem Tag zu schaffen. Und immer war's für Sören ein Wandeln auf den Spuren seines philosophischen Namensvetters und Übervaters. Wobei ihn am meisten dessen lebenslanger quälerischer Umgang mit seiner großen Liebe Regine interessierte. Mit der war er kurz verlobt gewesen, hatte sich dann aber in einer Art masochistischem Akt von ihr gelöst. Gelöst, doch nicht wirklich getrennt. Seine ganze Existenz blieb von ihr durchtränkt, und sie selbst ist wohl auch nie von ihm losgekommen, der nachgeschobene Ehemann blieb Ersatz, war ein Langweiler. Was für ein Drama aber auch, diese aufgelöste Verlobung, scheint es doch unbegreiflich, dass jemand, nachdem er seine Allerliebste in den Himmel gehoben hat, diese wenig später auf die schnöde Erde zurückstößt, sie aus dem vorher so beschworenen Liebesbund hinauskatapultiert. Diese Geschichte hat auch mich immer sehr bewegt, und mehr als einmal habe ich Sören gesagt, im Scherz, versteht sich, er möge es dem Kopenhagener Sören bloß nicht gleichtun. Immerhin heiße ich ja ebenfalls Regine beziehungsweise Regina, was natürlich Zufall ist, doch ein bisschen flau war mir aufgrund der Parallele manchmal schon. Es war schließlich merkwürdig, wie sehr sich mein Sören in den anderen Sören wühlte. Eine Zeitlang hatte er sogar vor, ein Buch über dieses ebenso schwermütige wie leidenschaftliche Nordlicht zu schreiben, durchaus nicht nur über dessen verhängnisvolle Affäre, sondern auch über seine Gedanken, vielmehr über seine Sucht, zu denken. Dachte wohl sogar noch im Schlaf, der Kopenhagener Sören. Sehr angesprochen hat Sören ja dessen These, dass nichts verloren gehe, was einmal empfangen worden sei. Ein in der Kindheit geglaubter Glaube zum Beispiel bleibe als Schatz immer im Inneren aufbewahrt, möge der Betroffene später Gott auch noch so sehr die kalte Schulter zeigen. »Und wenn sie einmal geblüht hat, dann blüht sie immer«, so hatte es Kierkegaard ausgedrückt, und er meinte damit die Rose, mit der er seine Überzeugung illustrierte. Jedenfalls alles einmal als Schönheit, als gut Empfangene bleibt dem Einzelnen laut

Kierkegaard als glückliches Erbe erhalten, kann von keinem Sturm, keinem Eis vernichtet werden. Doch, das hat was, ist schließlich auch sehr tröstlich. Der zerrissene Ex-Verlobte hat bestimmt auch so seine Liebe für sich unsterblich gemacht, zu einer äußeren Wiederbelebung kam es ja nicht, so sehr er nach ihr ausspähte.

Dass Rilke ebenfalls Kierkegaard-Fan war, hatte ich bereits im Unterricht erfahren. Irgendwie erstaunte mich das, denn Kierkegaard war Christ, eigenwilliger Christ zwar, aber zutiefst gläubig. Von Glauben beseelt war nun auch Rilke, doch war es ein Glauben ganz eigener Art, und dem Christlichen stand er spinnefeind gegenüber.

Dann auf einmal rückte Bremen in den Fokus. Schon lange hatte Sören mit der dortigen Uni geliebäugelt, bis sich, man kann sagen: rechtzeitig zu unserer Heirat, der Bereich Naturwissenschaften I als Ziel seiner Wünsche anbot. Ich dagegen war im Zwiespalt. Bremen war Norden, mithin, so empfand ich es, von Nebel und Niesel eingehüllt. Erst recht würde das für Rilkes Einschnei-Paradies gelten. Sören indes hatte nur diesen einen Ort auf der Zunge und im Herzen: Worpswede. Ich, mit leisem Spott: »Du willst dich also einreihen.« Er wusste sofort, was ich damit meinte. Er male ja nicht, und ein Dichter sei er erst recht nicht, gab er zur Antwort, doch etwas verhalten. Dachte er doch, so für sich, er könnte eines Tages ein Name in der Galerie der dort Berühmten werden? Als Lebenskünstler aber, so malte ich mir in meiner hoffnungsfrohen Verlobungszeit in Gedanken aus, als solche würden wir dort das richtige Zuhause haben. Ich war also schon auf dem besten Weg, die Knurrerei aufzugeben.

Die erste Besichtigung nahm freilich Sören alleine vor. Und er war begeistert. Spätherbsttag, ein silberner wie goldener. Nahezu traumwandlerisch durchstreifte er den Ort, der an diesem Tag, da kein Wochenende, zwar keineswegs frei von Besuchern, aber frei von Rummel war, man konnte ihn quasi für sich alleine haben. Und Sören schlenderte, guckte, roch, ließ sich von den herabtaumelnden Blättern »begrüßen« (ja, so drückte er sich hinterher aus). Das früher rein Dörfliche schimmert ja immer noch durch, nach wie vor gibt es sehr schöne Ecken, Hässlichkeiten der Neuzeit allerdings auch, sie glotzen einen an, das war und ist hier nicht anders als etwa in Ascona. (Übrigens in vielem ein Ableger von Worpswede. Einer, der nach ersten Erfahrungen am Weyerberg das südliche Pendant suchte und am Lago Maggiore fand, war Karl, dann Carlo Weidemyer. Der gebürtige Bremer fing dort das mediterrane Licht ein, in seinen filigranen Bildern und in seinen bauhausgeprägten Häusern. Maler und Architekt also.) Sonderklasse dennoch, dieses Worpswede. Dazu die lukrative Nähe zu Bremen. Wenn man so will, ein Vorort.

Den Weyerberg, ihm bis dahin nur von Beschreibungen her bekannt, nahm Sören natürlich ebenfalls in Augenschein. Anstrengen musste er sich dabei nicht, denn von Berg konnte nicht die Rede sein, nur von einem flachen Höhenzug. Der aber seinen Zauber hat, nach wie vor. Freie und befreiende Ausblicke (leider nicht mehr mit der sagenhaften, vom Sturm zu

Boden geworfenen Kugeleiche. Gehört aber der Sturm nicht zu Worpswede?). Den langgestreckten Kamm habe ich immer nur im Zusammenhang mit diesem Lied sehen können: »Hinterm Weyerberg schaut der Mond hervor.« Eine Art »Der Mond ist aufgegangen« zwar auch, doch besungen wird das nackte Elend derer ganz unten. Trotz des poetischen Anfangs also ein proletarisches Kampflied aus Worpswedes roter Zeit (Helmut Schinkel hieß sein Schöpfer, Reformpädagoge). Rote Zeit ist gleichbedeutend mit Vogeler, Heinrich. Der rief nach dem Ersten Weltkrieg die legendäre Barkenhoff-Kommune ins Leben. Kraut und Rüben, wo vorher sein kunstvolles Domizil. Fiebernde Köpfe und Herzen, die nun das ehemalige Designer-Areal bevölkerten, alle bespickt mit irgendeiner revolutionären Idee. Der allgemeine Mantel: Kommunismus, ein ebenso junger wie zerfledderter Begriff. Vogeler, vorher ein Herr mit schöner Frau, Kutsche und Erfolg, musste jetzt nach Geld graben wie in Alaska die Abenteurer nach Gold. Wie sollte er sonst das Leben hier bezahlen? Ähnlich wie einst bei Jesus war man angewiesen auf wunderbare Brotvermehrung. Übrigens Jesus, noch mehr Gott waren hier große Größen. Da jedoch der brodelnde Aufbruch zu gesellschaftlichem Neuland zunehmend den Charakter eines gefährlichen Aufbruchs in einen Kommunismus russischer Gangart annahm, schlugen bei den staatlichen Stellen die Alarmglocken. Bei den meisten Dorfbewohnern, die in der Regel erdige Menschen waren, auch. Freilich loderte bei denen nicht nur der heimische Torf, sondern auch scheinheilige Neugier: Was da auf Vogelers gewesenem Prachtgelände doch alles an sittlich

Verdorbenem sich abspielte. Ein regelrechter Liebes-Zoo, konnte man sagen, ein Drunter und Drüber zum Wegucken. Letzteres jedoch taten die Leute vom Moor nicht, mussten sich aber ins Gedächtnis rufen, dass schon zu Vogelers goldenen Zeiten rund um die Teiche so einiges an Bloßgestelltem sich bot. Damals jedoch geschah alles unter dem Baldachin der Kunst, irgendwie. War der Liebhaber von Vogelers Ehefrau nicht auch Dichter? Jetzt aber: eine Brutstätte schändlicher Erotik, der Barkenhoff, sozusagen der I-Punkt auf dem revoluzzerhaften Treiben. Gut, es wurde dort auch gearbeitet, Land und Garten bestellt, aus Werkstätten klang das Lied der Sägen und Hämmer, nicht jeder schmetterte Parolen, so mancher war bloß Phantast, hohler Sprücheklopfer, der den anderen, den Redlichen, das ohnehin magere Essen wegaß. Eine Nussschale, der Barkenhoff jener Jahre, eine, in der auf engstem Raum flackerte, was in der ganzen damaligen Welt brannte.

Davon hatten wir Kenntnis, im Groben. An besagtem Oktobertag aber hatte Sören anderes im Sinn, vielmehr vor Augen: Worpswede, eingehüllt von schimmerndem Licht. Beinahe wie auf Glas wandelte er dahin, staunend, erregt. Das Laub leuchtete und prangte wie im Indian Summer, Spinnweben umgarnten ihn wie Zauberfäden, die Menschen nur flüchtige Eindrücke, keine Störenfriede. Er ging an Galerien, reetgedeckten Häusern vorbei, hin und wieder kurvten und bretterten Trecker, Bauern gibt es ja noch. Felder-Flecken mitten im Ort. Fast ein Traum, dieser erste Worpsweder Tag, aber dauernd von dem Gedanken unterlegt: Hier werden wir uns niederlassen. Dann ein Bereich, der ungemein stark auf ihn einwirkte. Bewohnte Ländlichkeit, die erneut von einem Trecker unterstrichen wurde. Sand unter den Füßen, Wildgänse am Himmel. Ein Schild hatte ihn auf ein »Haus im Schluh« aufmerksam gemacht. Schon der Name lockte ihn: »Haus im Schluh«? Da erwartete ihn etwas. Mit diesem Gefühl ging er weiter, dem Geheimnis entgegen. Das »Haus im Schluh« war dann nicht nur eines, sondern was er erblickte, war eine Anlage aus zwei mit Reet gedeckten Gebäuden in niederdeutschem Stil, lang und groß das eine, etwas gedrungener das andere. Leuchtend beide. Die Wirklichkeit entsprach der Erwartung. Sofort fühlte Sören sich wie zuhause. Er sah sich um, hörte sich um. In dem größeren Haus war eine Handweberei, in dem gegenüberliegenden eine Pension. Bilder hüben wie drüben, Bilder der alten Worpsweder Maler. Während er in dem Haus, in dem sich die Pension befand, ein riesiges Frühlingsbild im Jugendstil betrachtete (Vogeler), kam Sören plötzlich der Gedanke, er könne ja mal eine Frage stellen, nämlich die, ob es möglich sei, für längere Zeit unter diesem heimeligen Dach zu wohnen, er zusammen mit seiner Frau. Sie würden dann von hier aus Ausschau nach einer endgültigen Bleibe halten, da sie planten, sich in Worpswede häuslich einzurichten. Er hatte wissen lassen, dass er an der Bremer Uni tätig sein werde, ich dagegen als freiberufliche Übersetzerin für diverse Verlage arbeite. Positive Antwort auf der Stelle. Die Kosten? Kein geringer, aber ein erschwinglicher Betrag. Währenddessen strich ein höchst fotogener Kater mit dem edlen Namen Romeo um seine Beine. Ich erfuhr das alles durch Sörens Anruf, es war die Schilderung eines hinreißenden Tages mit krönendem Abschluss in diesem muldenhaft gelegenen »Haus im Schluh«. Unmöglich konnte ich Nein sagen, ich war ohnehin ja schon, was den Norden betraf, milder gestimmt, entsprechend dem von Sören beschriebenen Wetter dieses Märchentages.

Eigentlich war ich schlecht gelaunt gewesen, weil gerade zurück aus dem Friseur-Salon, und wieder mal war das Ergebnis nicht so ausgefallen wie gewünscht. Wobei ich lieber bis zu unserer Hochzeit gewartet hätte, aber ich konnte es unmöglich bei dem damaligen Zustand belassen. Ich weiß, Haare und Frauen. Doch wie konnte ich bei den Hymnen, die aus Sörens Mund zu mir brandeten, dem Missmut länger Bleiberecht gewähren, ich ließ mich einfach von seiner Begeisterung anstecken. Wenn er es so sah, würde ich es auch so sehen, mit der Zeit.

Was Sören bei seinem Gespräch in dem Pensions-Haus nicht erwähnt hatte: dass wir am Abend unseres Hochzeitstages eintreffen würden. Hochzeitstag – angeblich ja der schönste überhaupt. Ist er das? Bei uns fiel er recht spartanisch aus, zumindest was die Dorfkirche anging. Ein Bau wie eine Lagerhalle. Das einzig Feierliche war Händels (durch den Massengebrauch auch schon etwas mehliges) Largo auf der mäßig großen Orgel. Das Schönste in diesem kärglichen, wenn auch sakralen Raum: mein Hochzeitskleid. Obwohl Beheizung zugesagt war, schien's mir kalt, ganz im Gegensatz zu draußen, zu der trotz der schon winterlichen Jahreszeit hohen Temperatur. Milchige Sonne. Wenn's die Kargheit der Romanik gewesen wäre, hätte ich mir die Kirche (unteres Sauerland) gefallen lassen, aber diese stillose Unfeierlichkeit. Andererseits passte es zur Leere der ganzen Umgebung, Wald zeigte sich erst als dunkler Strich weit außerhalb des Ortes, beinah, als habe er sich davonmachen wollen.

Dass wir ausgerechnet in diesem trostlosen Kaff uns das berühmte Jawort gaben, dass wir es uns überhaupt in kirchlichem Rahmen gaben, lag an Sörens Mutter, die stark in der (natürlich katholischen) Kirche verwurzelt war und deren Neffe hier als Geistlicher wirkte. Sören und ich hätten uns damals mit dem Standesamtlichen begnügt, aber seiner Mutter zuliebe haben wir uns in dieses nichtssagende Dorf begeben. Wie viel anders unsere Verlobung. Eine, aus dem Stand heraus, in der barocken Kapelle eines Wasserschlosses mit dem herrlichen Namen Schwarzenraben. Wir waren halb zufällig da gelandet, waren ganz überwältigt von der Pracht des kleinen, hohen Sakralraumes. Ein Überschwang erfasste uns beide, und obwohl wir vorher nie von Verlobung geredet hatten, brach der Wunsch hervor: Hier wäre der richtige Ort. Und als hätte der liebe Gott uns zugehört, erschien ein Geistlicher, und er erschien so, als gehöre er hierher, zum Inventar des Schlosses. Sören sprach ihn an: Zu gern würden wir uns hier verloben, ob es da eine Art von kirchlichen Segen gebe, auch ohne Ringe, denn solche hatten wir natürlich nicht dabei. Der Priester nickte lächelnd, schob uns zum Altar, legte sogar eine Stola um, während Sören und ich knieten. Es war einfach überwältigend, anders als dann bei unserer Trauung. Der Priester segnete uns wirklich, und wir jubelten. Selige Augenblicke, die wir da am Altar verbrachten.

Festlich-benommen verließen wir schließlich die Kapelle. Waren schon draußen, als uns einfiel: Wir sollten auf jeden Fall etwas da lassen, und so kehrte Sören zurück, gab einen Schein, einen großen, den wir Gott sei Dank im Portemonnaie hatten. Eingehängt bei meinem nunmehr ja Verlobten und nicht mehr auf der Erde erlebte ich den Weg zum Auto als himmlisches Ereignis, freilich höchst irdisch begleitet, wurden wir doch heftig eingedeckt von Tropfen. Deutschland ist ein Land, in dem es regnet, wusste Sören zu zitieren, die Erkenntnis eines bedeutenden französischen Philosophen der Moderne mit Namen Louis Althusser, vermerkt in dessen Autobiographie. Wie recht er doch hatte, der große Mann, und recht war es uns auch. Blitze wären uns genauso recht gewesen, Glatteis ebenso. Hochzeit? Wozu eigentlich? Es war doch alles geschehen.

Fand natürlich statt, die Trauung, quasi als Abrundung. Ich mit leidlich gelungener Frisur und in dem Brautkleid, das ich in Münster erstanden hatte, mit Birgit, seiner Schwester, neben mir, die dort gerade einen Zusatz-Kursus für Stewardessen absolvierte. Und eigentlich war auch Sören dabei, das heißt, nicht nur eigentlich, sondern tatsächlich, zumindest stand er draußen vor dem Geschäft; ein Bräutigam (welch scheußliches Wort) soll die Braut (welch schönes Wort) vor der Hochzeit ja nicht im Kleid aller Kleider sehen. Diese Regel zu durchbrechen traute ich mich nicht. So tigerte er vor dem Geschäft hin und her, fragte aber, als wir herausgekommen waren, ob er nicht wenigstens in die riesige (rosafarbene) Einkaufstüte lugen dürfe, wirklich nur kurz, er schwöre. Mehr eine theoretische, eine spitzbübische Neugier – denn was hätte er schon erkennen können? Nur zwei gefaltete Teile. Gesehen und gekauft – so war's gelaufen, zumindest bei dem Kleid. Bereits bei der Anprobe saß es perfetto, wie angegossen, und wie sehr Birgit und die Verkäuferin auch herumprüften – es gab nichts zu bemängeln. Angeblich so noch nie erlebt, laut der Verkäuferin. Bei ihr selbst seinerzeit ein Drama – und was für eines.

Allerdings: der Corsage bedurfte es noch. Musste da sofort an Zofen denken, an Boudoirs. Hatte mich noch nie in so was gezwängt, blieb auch hinterher in der Kommode, bis auf ein paar Ausnahmen, Sören zuliebe. Der hätte mich gern oft darin gesehen, aber wenn ich mich darin nicht wohlfühlte? Immer ein Streitpunkt. Zum Hochzeitskleid: okay, zumal Birgit beim Anblick ins Schwärmen geriet (gut, dass Sören das nicht mitbekam). Hatte ja überhaupt ein anderes Verhältnis zu allem, was mit Anziehen zu tun hatte, egal, ob's das Drüber oder das Darunter betraf. Da auch ohne jede Scheu, Sören konnte ruhig dabei sein. Mir, ehrlich gesagt, nicht so angenehm, aber wenn's nun mal so war. Wir Drei waren ja auch zunehmend vertraut miteinander. Wo war ich? Richtig, der Morgen in Münster in der Kabine. Dass ich so strahlte, strahlte auf Birgit aus, und so sehr sie sich auch für mich freute, die eigene Situation ließ doch ein paar Tränen aufsteigen. Männer lernte sie genug kennen, und mancher Augenkontakt in der Maschine mündete in einen richtigen. Aber nichts, was von Dauer. Umschwärmt wie eine Bienenkönigin, schön wie eine

Orchidee, kannte sie nur eins: Endstation Sehnsucht. Erfüllung blieb aus. Dann, als ich der Corsage und des Kleides ledig, sah ich, was in ihren Augen los war, umarmte sie auf der Stelle: Birgit, es wird, ganz bestimmt. Fühlte mich aber ganz elend dabei.

Einmal wehte mich der Gedanke an, sie und Sören könnte mehr verbinden. Möglich war doch alles. (Das Gespräch mit Elke.)

Auf jeden Fall: Wenn eine weiblich geeicht war, dann sie. Vielleicht war sie sogar – das kam mir jedoch erst sehr viel später in den Sinn – so was wie ein Auslöser für Sören.

Also, hattet ihr mal was? Bei Gelegenheit Sören das gefragt.

Kannst du mir ruhig sagen, schob ich noch nach. Selbst, wenn es noch so sein sollte.

Du vergisst meine Mutter, antwortete er.

Trotzdem hättet ihr es einrichten können – also zusammen allein zu sein.

Zusammen allein zu sein, wiederholte er. Schön gesagt.

Bruder und Schwester, Schwester und Bruder – da gibt es viele Beispiele, sagte ich.

Ganz falsch liegst du nicht, sagte er.

Eigentlich wie erwartet, seine Antwort. Wollte nicht wissen, wie denn nun die Gegenwart, weil: Es handelte sich eben um Birgit, und wo sie im Spiel war, gab es nichts zu befürchten, selbst wenn es da jetzt noch flimmerte.

Ach Birgit, weshalb hast du dich bloß aus dem Leben wegholen lassen?

Was Sören ja besonders gefiel: Dass sich nach katholischer Lehre das Brautpaar selbst in den Stand des ehelichen Sakraments hievt, nicht etwa priesterliche Vollmacht hier am Werke ist. Der Priester ist gewissermaßen nur anwesend. Für Sörens Mutter freilich war ihr geweihter Neffe die Person, welche. Hätte sie auch nur geahnt, was uns – über Birgit – später zu Ohren kam, dass dieser ihr geistlicher Prinz der Liebespartner eines anderen Priesters … Überhaupt: seine Mutter. Anders als mit ihrem Mann bin ich nie mit ihr warm geworden, und »Mutter« habe ich sie nur mit salziger Zunge nennen können.

Bescheuert fanden wir beide natürlich, dass wir vorher zum sogenannten Braut-Unterricht mussten. Schon die Bezeichnung. Aber dann war's doch ganz passabel, wenn es uns auch etwas fragwürdig vorkam, dass so stark vom Scheitern ausgegangen wurde. Dadurch legte sich so etwas wie Raureif auf die ja angestrebte Einrichtung Ehe, so dass einem ein bisschen der Mut hätte wegfliegen können (was er bei uns nicht tat). Aber komisch war's schon, dass so viel vom möglichen (fast wahrscheinlichen) Misslingen die Rede war. Vertraute man der Kraft des Sakraments so wenig? Aber klar, wir waren es ja, die uns dieses Sakrament spendeten, und bei aller Heiligkeit: Wir waren Menschen, mit eingewurzelten Gefahrenpotentialen. Die Heiligkeit der Ehe galt es daher zu pflegen. Von nichts kommt nichts, meinte die ebenfalls anwesende Seelsorgehelferin beisteuern zu müssen. Blöde Kuh. Zum Glück war der Geistliche von anderem, von besserem Kaliber. So sehr er auch warnte, letztlich stellte er die Ehe als praktisch ungefährdet dar, die Ehe als solche, als eine autonome Heils- und Gnadenspenderin. Jeder, der sich freiwillig in ihren wirkmächtigen Bereich begebe, dürfe sich auf diese Kraft verlassen, egal, wie tief in Schlamm und Schlamassel er stecken möge. Das eben sei das Sakramentale. Das hatte etwas sehr Beruhigendes, zusätzlich zu aller Zuversicht, die uns ja sowieso beseelte. Sören: Astreiner Kierkegaard. Bei dem geht ja auch nichts verloren. Wir verließen jedenfalls ausgesprochen aufgeräumt die anfangs als muffig angesehene Veranstaltung. (Der säuerlichen Seelsorge-Tante habe ich aber nicht die Hand gereicht.)

Bei Gelegenheit dieses »Unterrichts« kam auch das Thema Beichte auf die Agenda, für uns etwas völlig Abstruses. Das für mich höchst Erstaunliche: Für Sören hatte sie mal viel bedeutet, beinah alles. Denn er war doch tatsächlich in ziemlich jungen Jahren verführt worden, von einer, die darauf aus war, einer Christa Sowieso, Fahle, fällt mir ein. Das frühheiße Ding hatte seine Hose und Unterhose heruntergezogen, ihn selbst dann auch, ihm Einlass nicht nur gewährt, sondern förmlich aufgedrängt, er war aber beim Erzählen nicht sicher, ob er damals wirklich etwas in die Försterstochter, denn das war sie, gelassen hatte. Jedenfalls wurde er jahrelang von einem Sündengefühl gequält, von dem ihn erst eine Beichte erlöst hatte. Ich war ganz froh, dass ich von der Sache erfuhr und vor allem, dass er seine Last losgeworden war. Er hatte sie vorher niemanden gestanden, selbst seiner Schwester nicht, was mich sehr wunderte. Ich draußen zu Sören: Stell dir vor, es wäre passiert, also eine Schwangerschaft, halbe Kinder, die ihr doch noch wart. Er: Habe er sich damals nicht vorgestellt, wurde aber jetzt so etwas wie blass, nachträglich. Dieser Junge, dachte ich und küsste ihn. Für uns, trotz Unterricht, war Beichte dann nie mehr Thema. Sahen uns höchstens an, wenn im Fernsehen ein Beichtstuhl ins Bild rückte. Hat ja etwas Geheimnisvolles, so mit dem violetten Vorhang.

In unseren neuen Stand begab ich mich mit reiner Freude: Zukunft, sie konnte kommen. (Drei, vier Jahre später, bei einer Frida-Kahlo-Ausstellung in der Bremer Kunsthalle, sah ich das Stillleben »Die Braut erschrickt vor dem offenen Leben«. Ich blickte ihm keine Sekunde mit Schrecken entgegen, war vielmehr gespannt, was uns erwarten würde hinter all den vielen Türen des Daseins. Mein Erschrecken folgte erst noch.)

Unsere Ankunft in Worpswede, nach morgendlicher Largo-Hochzeit und anschließendem Buffet: wettermäßig so, wie von mir anfangs befürchtet, nassneblig. Man spürte schon im Auto die feuchte Kühle. (Heute dagegen ist es glasklar, Vollmond, glaube ich.) Der Ort schien wie ausgestorben. Holprige Anfahrt, mit der wieder aufflammenden Sorge: Haben wir auch alles Notwendige dabei? Dabei hatten wir vieles dabei, so viel, wie sich nur reinpressen ließ in unser resedagrünes Gefährt. Unterwegs immer mal wieder Sörens rechte Hand auf meinem strumpfumhüllten Bein. Strümpfe trage ich ohnehin sehr gerne, war, was die Anzahl betrifft, sogar Birgit voraus. Wenn ich etwas mit mir als Frau verbinde, dann sind es Strümpfe. Wie schön beides: die Botschaften aus seiner Hand und die geschmeidige Wärme, die meine

Beine umgab. Vorahnung, dass ich mich gleich beim Start hochgestemmt, unter mir das Kleid weggezogen und mich dadurch verfügbar gemacht hatte? Angekommen, packten wir nicht mal alles aus, nur den silbernen Leuchter, den wir in unserer kleine Suite mit Kerzen versahen, sie anzündeten. Die Rotweinflasche aufgemacht, die Augen dagegen zu, beim ersten Glas schon. Ins Bett also. Was zu geschehen pflegte, geschah halt, doch die Erschöpfung hüllte uns ein wie vorher die Strümpfe meine Beine. Als Birgit sich am nächsten Tag erkundigte, hörte sie von mir: Über allen Wipfeln war Ruh. (Sören, ehe diese sich tatsächlich einstellte: Es habe da, wie von ihm irgendwo gelesen, es habe da also einen Worpsweder Maler gegeben, einen mit dem schönen Namen Tetjus Tügel, der sei sage und schreibe ganze siebenmal eine Ehe eingegangen. Dem, murmelte ich schläfrig mahnend, werde er hoffentlich nicht nacheifern. Sieben aber sei eine heilige Zahl, entgegnete er ernst und tief, womit dann wirklich Ruhe war.)

So eine Hochzeitsreise macht auch nicht jeder, sagte Birgit..

An eine andere war von uns nie gedacht worden.

Gehen gleich in die Vollen, hatten wir geantwortet, wenn jemand fragte, wohin es denn gehe, wenn die Ringe an ihrem Platz. Nannten wir dann den Name Worpswede, war die Reaktion fast immer die gleiche: Nach dorthin? Jetzt, um diese Jahreszeit? Nicht irgendwohin, wo zu buchende Sonne?

Nein, nach Worpswede und nur nach Worpswede.

Paula im Himmel wird sich erinnert haben: So war's doch auch bei ihr. (Rilke, der Freund, mit sicherem

Blick: *Immer geradeaus malen!* Keine Kompromisse also. Keine Augenwischerei. Nichts Gefälliges. Daran hielt sie sich.)

Was Birgit beim ersten Anruf noch nicht erfuhr: Dass gleich nach unserer Ankunft Romeo bei uns sich einfand, nicht mehr von unserer Seite wich, auch das Bett mit uns teilte, schnurrend sich dort seinen Katerträumen überließ – Auftakt einer langen, überaus schmusigen Gemeinsamkeit.

Ringsum wohl fühlten wir uns fühlten wir uns. (Und dazu hätte ich nicht des Buches bedurft, dass mir von meiner Cousine, Zahnärztin, zur Hochzeit geschenkt worden war: eine philosophisch unterfütterte Anleitung zur Lebensgestaltung. Wie ich so was hasse.) Das Haus war ja gerade erst um- und ausgebaut worden, hatte auch ein neues Reetdach bekommen, das Nachbargebäude mit der Handweberei ebenfalls. Und alles in frischen, leuchtenden Farben. Das war überhaupt der Gesamteindruck: leuchtend, ohne schmuck zu sein, schmuck hätte hier gar nicht gepasst. Unsere »Suite« im ersten Stock war ins Helle und Geräumigere hinein optimiert worden, hatte auch eine Kochnische erhalten. Wir waren sofort angekommen, dann auch im Ort selbst.

In der Handweberei hatte eine Malerin ihr Atelier, eine Ines Korb, so um die 65, ich sah sie fast jeden Tag, und manchmal redeten wir draußen ein paar Minuten. Naheliegend, dass ich mich auch im Atelier umsah, wenn auch zunächst mit der leisen Angst, mich nicht kundig genug zu ihren Bildern äußern zu können. Verlief aber alles bestens. Sie malte abstrakt, und das Auffällige: alles in Rot. Ein Bild gefiel mir

richtig gut, sprach mich sofort an, obwohl es – und
das war das Seltsame – eine etwas abseitige Assoziation
in mir hervorrief. Wollte erst damit herausrücken, ließ
es dann aber. Weiß aber noch, dass ich mich fragte, ob
Birgit bei dem Bild das Gleiche denken würde. Sören
auch? Als ich ihm abends von meinem Besuch berich-
tete, fasste er gleich eine eigene Besichtigung ins Auge.
War da im Zwiespalt, hätte es lieber gehabt, er würde
wegbleiben, wegen dieses Bildes. Weg war dann zum
Glück aber auch Frau Korb, also die Malerin: ein paar
Wochen Tunesien. Aha, sagte Sören: Paul Klee. Und
dann: Ob unsere Malerin wohl von ihren Bildern leben könne, was sie wohl so brächten. Danach hatte
ich mich nun nicht erkundigt, habe aber bei der In-
haberin der Pension nachgefragt. Die spannte so einen
Bogen von 500 bis 7000 Euro pro Werk, je nachdem,
ob Zeichnung oder Gemälde. Schien mir auch für uns
ein erschwinglicher Rahmen für die Zeit, wenn wir einigermaßen bei Kasse sein würden. Gefielen mir nämlich gut, aufs Ganze gesehen. Bei Publikum und Kritik
aber bisher kein Durchbruch, sie war aber, so meine
Pensionsfrau, durch ihren Mann versorgt: Speditions-
unternehmer in Offenbach. Arbeitete übrigens nach
dem Muster einer Buchhalterin: von Punkt 8 bis 16
Uhr 30. Dann zurück nach Bremen, aber bloß nach
Timmersloh, wo noch kein Schimmer von Stadt, ge-
schweige Großstadt. Dagegen war Worpswede Man-
hattan .(Dass sie allein wohnte, wussten wir, wo genau, natürlich nicht. Das kanariengelbe Haus, das wir
bei einer Durchfahrt sahen, ließ uns spekulieren: da?)
Ines Korb jedenfalls unsere erste Begegnung mit der
aktuellen Worpsweder Kunstwelt.

Ihren Bildern folgten später andere, und keine gemalten. Solche, die mich umhauten.

Die ersten Jahre jedoch alles in allem super. Eine ganze Reihe von Jahren sogar, die hell beschienen waren. Freunde aus alter Umgebung, die uns besuchten: Ihr lebt hier im Paradies. Dem war nicht zu widersprechen, wenn mir auch das Wort »Paradies« nicht behagte. Als ein solches hatte nämlich die Frau des Auschwitz-Kommandanten ihren privaten Wohnbereich unmittelbar neben dem Vernichtungslager bezeichnet. Ein Paradies mit Kinderlachen und Sonntagnachmittagskaffee. Nun, eine völlig andere Welt, und ich musste nicht das Ungeheuerliche mit meinem »Paradies« verbinden, tat ich in gewisser Weise aber doch, indem mir besagtes Wort zutiefst verleidet war. Verwende ja auch den Ausdruck »Jedem das Seine« nicht mehr, weil: Er sprang KZ-Häftlingen überm Eingangsschlund ins aufgerissene Auge.

Sören gefiel's an der Uni, und Bremen als Stadt gefiel uns auch. Sogar zum Werder-Fan entwickelte er sich, und zwei-, dreimal saß ich im Weserstadion neben ihm, sprang mit ihm auf, wenn ein Tor gefallen war, ein passendes. Doch erst mal haben wir, versteht sich, Worpswede durchkämmt, vor allem die Galerien. Da wurde uns noch einmal deutlich: Es gibt auch eine künstlerische Gegenwart, nicht nur die goldenen Namen Vogeler, Modersohn-Becker und Co. Ohnehin: Tot war Worpswede ja nie, immer wieder gab's tolle Kreative, zum Beispiel diesen Richard Oelze mit seinen magisch-hintergründigen Motiven. Für mich überhaupt der bisher Größte – neben Paula selbstverständlich. Die Einzigen von Weltformat. Schon ein Phänomen, dass der Ort seine Magnetwirkung bis heute nicht eingebüßt hat. Sind da Strahlen am Werk? Irgendwelche schon. Von der Pensionsinhaberin hörten wir, dass auch Gottfried Benn sich hier aufgehalten habe (Ingeborg Bachmann vermutlich ebenfalls). Benn hatte hier seine, glaube ich, letzte Liebe. Dieser Lurch im weißen Kittel. Frauenflüsterer wie Rilke. Aber was für Gedichte von beiden, was für Gedichte.

Mit dem Inhaber der »Worpsweder Kunst-Insel« Conz schälte sich ein näheres Verhältnis heraus, am Ende waren wir so gut wie befreundet. Kölner, daher sein heftiger Draht zu Max Ernst. Mit dem auch hat er in Worpswede losgelegt, mit dem frühen. Zitate des dadaistischen Tausendsassas erregten da allerdings fast mehr Aufmerksamkeit als das ausgestellte Werk (darunter eine Auswahl einst berüchtigter Collagen). Zum Beispiel scheute Ernst sich ja nicht, Frauen wirklichen Geist abzusprechen, stellte sie quasi als bloße Gebärmaschinen hin. »Nackt-rosa« nannte er die Welt »des Weibes«, was natürlich auch Sören dazu brachte zu lächeln, aber mir schien, eine gewisse Versonnenheit schimmerte durch. Also, auf besagten Stellen im Katalog war herumgeritten worden.

Irgendwann jene gemeinsame Reise, Conz und ich. Grund: eine Ausstellung mit Arbeiten der Schweizerin Aloïse Corbaz, deren Zeichnungen er präsentieren wollte. Ich hatte diesen Namen nie gehört, Sören ebenfalls nicht, aber Conz klärte uns auf (immer war er ein großer Aufklärer). Aloïse Corbaz, meist nur Aloise genannt, war geistig gestört, hat ihr Leben bis zum Tod im Jahre 1964 in psychiatrischen Anstalten zubringen müssen, freilich nicht klaglos, immer wieder hat sie protestiert, und gegen Schluss besserte sich ihr Zustand auch. Am Anfang aber rief sie nur Kopfschütteln hervor: Reale Liebe zum Beispiel zu einem Ex-Priester, imaginäre zum deutschen Kaiser Wilhelm. Sehr aggressiv im Verhalten. Nur sonderbar oder schon verrückt? Der schließliche Befund: Letzteres. Fortan gab es für sie kein Draußen mehr. Dafür ein umso sprühenderes Innen, denn Aloïse aus Lausanne warf farbige Zeichnungen aufs Papier wie eine Maus Junge, mithin eine nach der anderen.

Diese Frau bzw. ihre Arbeiten also wollte unser Worpsweder Star-Galerist der Öffentlichkeit nahebringen. Nicht nur mir, auch dem Kunstpublikum war sie eine bis dahin weitgehend Unbekannte, zumindest hierzulande verhielt es sich so. Inzwischen hat sich das geändert, selbst Filme wurden über sie gedreht, auch Stücke über sie geschrieben. Damals jedoch, vor allem bei uns: no name. Damit sollte Schluss sein, Sören und ich fanden das Conz-Projekt großartig, vor allem gefiel uns, dass der Schub von Worpswede aus erfolgen sollte. Denn wieder mal erwies sich: Unser Dorf war tatsächlich eines von Welt. Aber natürlich, keine Ausstellung ohne Katalog, und Conz gelang es an diesem Abend, mich dafür zu gewinnen, für den Text. Sören sprang ihm sofort zur Seite: Mach es, das kannst du. Ich war da keineswegs sicher. Es war schließlich eine Aufgabe für mich so fern wie der Mond. Conz goss aus der Sektflasche nach, holte eine weitere und nicht die letzte. Als wir aufbrachen, hatte ich unterschrieben, hatte natürlich gar nichts unterschrieben, wir hatten ja keinen Vertrag geschlossen, doch meine Zusage war gegeben. Und natürlich erhob Sören keine Einwände, dass ich mit Conz nach Lausanne fuhr, um mich für den Katalog schlau zu machen, etliche Quellen waren nur vor Ort anzuzapfen. Wenn ich wiederkomme, war ich sicher, würde ich jede Zeichnung meiner Künstlerin auf Anhieb erkennen.

Nichts wie los also, sagte Sören.

Und wie ich die Fahrt genoss – der Odenwald, erste Weinberge, Heidelberg, wo wir einen Stopp wegen der Prinzhorn-Sammlung einlegten. War auch gut als Einführung in das Schaffen unserer Schweizerin. Weiß Gott ja keine Kennerin, gingen mir die Augen hier am Neckar noch einmal auf: Kunst ist Kunst, egal ob von einem Gesunden oder einen Kranken geschaffen. Anschließend der verblauende Schwarzwald, der Blick hinüber gen Frankreich. Trank den Wein, ohne ihn zu trinken. Übernachtet haben wir in Badenweiler, auf der Rückfahrt in Baden-Baden (Badenweiler gefiel mir besser).

So lange Touren sind ja immer, bei noch so verlockenden Aussichten, ziemlich ermüdend, und also bin ich öfter eingenickt. Müdigkeit, ohne richtig müde zu sein. Conz nahm's nicht übel: Gehe ihm genauso, so er denn das Glück habe, daneben sitzen zu dürfen. Ich glaubte zu verstehen: Kein Problem für mich, das Steuer zu übernehmen, jederzeit. Er: Übernähmen Frauen nicht grundsätzlich das Steuer? Das mit Blick zu mir. Sein Lächeln berührte mich, ja. Jedenfalls Ouvertüre zu einem Geschäkere, das anhielt, bis wir wieder in Worpswede landeten. Der dunkelblaue Rover rollte bequemst dahin (doch stets mit seiner – in grünem Wildleder steckenden – Hand am Lenkrad). Und er erzählte – erzählte, erzählte. Namen und Begebenheiten aus der Worpsweder Geschichtentruhe. Einiges wusste ich ja inzwischen, aber nicht mit so interessantem Rahmen. Vom »Martins-Tag« hörte ich freilich zum ersten Mal. Eines Tages nämlich, im Herbst 1930, sei Heidegger durchs Dorf gestapft (und damals war es das noch ganz und gar: Dorf). Sofort fiel mir ein, dass auch die Bachmann sich hier aufgehalten haben soll, die Frau, welche sich den Schwarzen Mann aus dem Schwarzwald für ihre Doktorarbeit vornahm, eindeutiges Ziel: ihn erledigen. Nun war ich derjenige, der Conz aufklärte, denn das war ihm neu. »Seins-Guru« nannte Conz den kleinwüchsigen Marschierer und Oberdenker, worauf wir gemeinsam lachten.

Unser Wagen glitt also dahin, so sanft, so behaglich. Conz war, wie mir bei jeder Augenrecherche betätigt wurde, ein attraktiver Mensch und Mann, und ein wenig wurmte mich, dass Sören mich ihm so bedenkenlos überlassen hatte (knappe Woche immerhin). Es wurde auch keine Bett-, bloß eine Kussgeschichte. Kurz, heftig, aussichtslos. Meine Hoffnung, es werde mit dem Unterricht auf der Rückfahrt ein Ende haben, erfüllte sich nicht, die Vorlesung ging weiter. Sosehr mich Worpsweder Allerlei interessierte, die Flut von Namen und Ereignissen ging mir allmählich doch auf den Senkel. Dass eine Julie Baum, Malerin aus Elberfeld und wie Paula früh verstorben, vorher Schülerin von Otto Modersohn gewesen war, ein Jahr lang, leider aber alle Arbeiten von ihr verschollen sind

– musste ich das tatsächlich wissen? Conz sagte, so insgeheim hoffe er immer noch, doch mal fündig zu werden. Unser ständiger Jäger.

Es war natürlich nicht ausgeblieben, dass wir angesichts unseres Reiseziels auf Rilkes geradezu inniges Verhältnis zur Schweiz, wo zuletzt ja sein Wohnsitz, zu sprechen gekommen waren. Während wir am Jura entlangfuhren und das Land der Eidgenossen sich uns weit und oft großartig öffnete, servierte Conz mir Spektakuläres: das Gerücht nämlich, der ohnehin aristokratiebesessene Dichter entstamme väterlicherseits einem Walliser Herrn von Roten, mit dem seine Mutter sich eine Affäre geleistet habe. Das, wie gesagt, eine Conz-Schmonzette auf der Hinreise.

Aber immer wieder dachte ich: wie männlich, der Mann an meiner Seite.

Lausanne jedenfalls war ein Erfolg: für ihn, für mich. Es war, als hätten Material und Werk auf uns gewartet, auch den Genfer See erlebte ich zum ersten Mal, fand ihn grandios. Und dann so etwas wie ein Höhepunkt. Es war da nämlich gerade eine große Vallotton-Ausstellung eröffnet worden, die bisher umfangreichste überhaupt, und die wollte Conz sich natürlich nicht entgehen lassen, ich – von ihm ins Bild gesetzt – ebenfalls nicht. Die Zeit dafür mussten wir uns allerdings herbeischaufeln, denn wir wollten die Schau ja nicht einfach durchstürmen. Am längsten verweilten wir vor dem »Blonden Akt«, von dem eine betörende, irgendwie sommerliche Faszination ausging. Eine rotblonde junge Frau mit goldenem, freien Dreieck, reif wie ein Weizenfeld. Entblößtes Dasein. Selbst der leichteste Schal wäre schamlos gewesen.

Und wenn man beide zusammen ausstellen würde? Zwei Schweizer mit fast dem gleichen Geburtsjahr (1864 sie, 1865 er) und mit derselben örtlichen
Herkunft: Lausanne. Zudem: Einmal Frau, einmal
Mann. Conz freute sich, dass er mich so entflammt
hatte, auch wenn meine Idee ein Gedankenspiel bleiben musste. Schon merkwürdig, dass Sören ebenfalls
mit diesem Bild sein Erlebnis hatte, nur diesmal im
Frankfurter »Städel«. War ohne Vorwissen bei einem
Besuch dort auf den 1921 gemalten Akt von Félix
Vallotton gestoßen, jetzt ja sogar am Main zuhause.
Dass Sören von der sommerlich wirkenden Körperlandschaft fasziniert gewesen war: für mich keine
Überraschung mehr, ebenso wenig wie der Akt von
Modigliani, auf den ich, noch in der Rolle, in seinem
Zimmer gestoßen war – alles eben Projektionen, wenn
auch die eines Irrtums.

Als sich im nächsten Jahr für mich selbst die Gelegenheit eines Rundgangs in Frankfurt bot, habe ich
das Bild des Schweizers, ganz klar, ein zweites Mal in
Augenschein genommen. Mir diesmal ehrlich gesagt
zu aufdringlich, schwül irgendwie, könnte beinah in
einem Soldatenspind hängen. Wie anders, wie viel
überzeugender dagegen Paulas Körper-Darstellung,
jene, die ebenfalls im Städel-Bestand. Ein durch
und durch modernes Worpsweder Bild, auch wenn
schon am Anfang des 20. Jahrhunderts entstanden:
»Liegender Mann unter blühendem Baum«. Eine Ansicht zwar aus heimischer Umgebung, aber fast ohne
Worpswede-Sound, wenn ich mal eine akustische Anleihe machen darf. Ist weit, weit darüber hinaus, so
wie bei den großen Franzosen. Wirklich sagenhaft,

wie flächig und ausgespreizt der Mann da am wie stürzenden Baum ruht. (Sören hätte wahrscheinlich gesagt: Wie eine sich unbeobachtet wähnende Frau, womit er nur Recht gehabt hätte.) Und diese Künstlerin musste mit 31 Jahren sterben, beinah wie Birgit, zwar unter Worpsweder, aber kaum unter Gottes Himmel. Nein, man sollte nicht an ihn glauben. Der Katalog für Worpswede stellte übrigens sogar mich zufrieden (und das will etwas heißen), nicht zuletzt, weil ich manches mit unterbrachte, was nicht direkt mit meiner Schweizerin zu tun hatte (in einer Tageszeitung wurde, ich traute meinen Augen nicht, auf Nietzsche verwiesen, der sei immer dann am besten, wo er sein eigentliches Thema links liegenlasse). So kannte ich inzwischen eine Abhandlung mit dem Titel »Die Bildenden Künstlerinnen der Neuzeit« von 1905, ebenfalls den Band »Die Frau und die Kunst« von 1906. Mauerblümchen demnach nicht, könnte man meinen, die frühen femininen Begabungen, nur war es eine sehr zwiespältige Aufmerksamkeit, die ihnen zuteil wurde, denn sie sollten mitnichten zu Rang und Würden gelangen, sondern im Gegenteil als bloß kraftlose Schöpfernaturen hingestellt werden, eben weiblichen. Infam! Jedenfalls, beim Katalog hatte ich mich reingekniet wer weiß wie. Klar war von Anfang an: Ein Mensch vom Fach musste her. Mein Copilot war dann ein ebenso kundiger wie angenehmer Kurator vom Landesmuseum für Kunst und Kulturgeschichte Oldenburg. Ich hatte erfahren, dass man sich dort mit »Outsider Art« beschäftigte, sich als posthumen Betreuer eines heimischen und psychisch kranken Künstlers mit Namen Georg Müller vom

Siel (hätte Thomas Mann erfinden können) verstand,
1939 verstorben. Bei dem Menschen vom Oldenburger Museum ging ich dann quasi in die Lehre, so dass
ich am Schluss zwar keineswegs Fachfrau, aber doch
Kennerin war. Mein biographisches und historisches
Hintergrundmaterial, ergänzt durch zahlreiche unbekannte Fotografien plus dem Oldenburger Beitrag
ergab einen Katalog, der sich ebenso sehen wie lesen
lassen konnte. Etliche Quellen waren tatsächlich von
mir freigelegt und genutzt worden. Ich durfte mir
also auf die Schulter klopfen. Die Worpsweder taten
es auch, und zwar kräftig. Ich war nun »wer«, und mit
mir Sören.

Die Retrospektive selbst wurde – auch ohne Dop-
pelpack – ein Hit (die »Welt« hatte schon lange vor
der Eröffnung mit einem Artikel auf die Ausstellung
hingewiesen). Kein Blatt dann, in dem Negatives.
Und jedes Mal der lobende Hinweis auf den Katalog.
Schon irre alles, nicht nur der vermeintliche Zustand
der Künstlerin. Beim offiziellen Auftakt Wagen aus
ganz Deutschland, darunter ein Diplomatengefährt:
der zweite Mann der Schweizer Botschaft. Ich unter-
hielt mich länger mit ihm, und er wusste, dass Rilke
sich höchst beeindruckt, ja begeistert gezeigt hat von
Werken, die den inneren Landschaften Geisteskran-
ker entstiegen waren (worauf der Dichter auf meiner
Werteskala noch ein Stück nach oben stieg, Dämpfer
kamen erst noch). Birgit wäre damals liebend gern
gekommen, sie fand's ebenfalls toll, dass diese Ausstellung in Worpswede stattfand, und vor allem, dass
ich, ich, ihre Schwägerin den Katalog erstellt hatte.

Den, sagte sie am Telefon, nehme sie sich immer wieder vor, finde es so unglaublich beeindruckend, wie diese Aloïse sich ihre Zwangsisolierung von der Seele gezeichnet habe.

Bei der Vernissage stand die hiesige Ärztin hinter mir. Bildschöne Frau, für meinen Geschmack. Ihr Haar: schwarz, schwärzer, am schwärzesten. Habe sie später, viel später, mal in ureigenster Sache aufgesucht – als es brannte. Konnte mir aber auch nicht helfen. Wie sollte sie, war ja keine Psychologin, nicht mal Frauenärztin. Trotzdem habe ich sie einmal zu meiner seelischen Anlaufstelle gemacht, und sie hat es akzeptiert. Trotz eines vollen Wartezimmers nahm sie sich die Zeit und ließ mich mein Klagelied singen. Zwischendurch klopfte die Sprechstundenhilfe leise an, um anzumahnen, doch sie blieb gelassen: Nicht umsonst heiße es Wartezimmer. Phantastische Person (mit dem passend-schönen Vornamen Rahel, ob sie Jüdin war?). Hinterher habe ich ihr einen Blumenstrauß geschickt. Wirklich wahnsinnig nett, diese Ärztin. Gegen Schluss fragte sie, ob wir es nicht mit einer Paartherapie versuchen wollten. Wir seien doch gar kein Ehepaar mehr, wandte ich ein, jedenfalls kein normales. Sie: Was ist normal? Sie spreche ja auch nicht von Ehepaar, sondern von Paar. Wie geduldig sie war, trotz des immer volleren Wartezimmers. Ich brachte noch Birgit ins Gespräch, von der nur leider nichts mehr zu erwarten sei. Immerhin, ich kam nicht mit gefletschten Zähnen heraus, stieß auf dem Flur mit einer Holzbildhauerin zusammen, einer Katinka Soundso. Ihre Spezialität: Alles Gewohnte ins Gegenteil zu verkehren beziehungsweise zu modellieren. Also Füße oben, Gesicht, wo sonst die Vagina. Hauptsache anders. Sollte wohl provozieren, doch für mich bloß Gags, der Betrachter wird nicht magisch an- und hineingezogen in diese auf den Kopf gestellte Welt, sondern alles bleibt im Bereich des irgendwie Ulkigen, des nur äußerlich Skurrilen. Kann auch anstatt des Gartenzwergs zwischen Beeten oder auf dem Rasen seinen Platz finden und vermeintliches Kunstverständnis dokumentieren, bisschen böse gesagt. Originell dagegen ihre Unterkunft in der »Bauernreihe«. Umgestaltete Scheune, mit farbigen Balken zum Beispiel. Musste allerhand gekostet haben, das Ganze. Wird aber wohl mit ihren verkehrten Albernheiten 'ne Menge Kohle machen. Geschminkt ja bis zur Grimasse, diese Frau, dieses Zerrbild von einer Frau. Österreicherin, aus Klagenfurt. Wie Ingeborg Bachmann. Na, die würde sich bedanken. Sind die wildesten Gerüchte in Umlauf, von der sogenannten Künstlerin. Ich sage doch: Worpswede.

Dort, wo wir uns zuerst aufhielten, waberte viel Vergangenheit. Errichtet worden war das »Haus im Schluh« von der Exfrau des Worpsweder Malerprinzen Heinrich Vogeler. Nach der Trennung von ihm hatte sich diese Martha im moorigen Umland altes Fachwerk besorgt und damit im Schluh Neues errichten lassen. Dennoch wohl ein schmerzlicher Schnitt, die Auflösung der Ehe (wie doch eigentlich immer), ging aber zum großen Teil auf ihr Konto. Zunächst auf dem erlesenen Wohnsitz Barkenhoff allseits verehrte Hausherrin, dann jedoch, unterm selben Dach, eine verhängnisvolle Affäre mit einem Strandgut namens Bäumer. Starker Trinker, später aber auch starkes expressionistisches Schreibtalent, das es mit seinen Gedichten in hochklassige Anthologien schaffte, dort umgeben von Spitzenleuten wie Werfel, Becher, Toller, Goll. Und, jawohl, führendes Mitglied der Bremer Räterepublik wurde er ebenfalls, Marthas zerrissener Lover. Rohr im Winde.

In gewisser Weise war Martha das auch. Das, was sie sagte, richtete sich nach dem, was andere sagten und die sie für sich einspannen wollte. So kam sie gut durch. Künstlerin zwar keine, doch fertigte sie originelle Puppen. Ihr Schwiegersohn, Mann ihrer ältesten Tochter Mieke, sollte ein bekannter Schriftsteller werden: Gustav Regler. Der wiederum befreundete sich im Spanischen Bürgerkrieg mit Hemingway. So war Worpswede verbunden mit der großen Welt. Ja, Martha konnte stolz sein auf ihr Haus – ein in jeder Beziehung offenes, ein Prinzip, das die Tochter übernahm. Die beherbergte ein Insekt namens Toom, das wir zwei Tage nach unserer Ankunft kennenlernten. Seine körperliche Erscheinung hätte keinerlei Anlass geboten, auf eine bäuerliche Herkunft zu schließen. Dies war jedoch der Fall: Herr Toom war im hessischen Knüll aufgewachsen, als dritter Sohn eines wohlhabenden Landwirts (Wald gehörte ihm auch). Schon seit Jahren verwaltete er als Archivar den schriftlichen Nachlass aus Vogelers (vor allem frühen) Zeiten. Ein Mann, den man nur anzublicken, nicht anzufassen wagte, denn er war zittrig wie Espenlaub. Immer aber überaus höflich, und wir sprachen oft mit ihm. Ähnlich wie Conz war er in der Worpsweder Geschichte bestens bewandert, vielleicht weniger in seinen Geschichten. Über den Mond überm Weyerberg lächelte er, also über das Lied, die rote Not rührte ihn nicht so sehr an. Über den Schöpfer des Liedes war er natürlich bestens informiert. Ein Kommunarde hatte es geschrieben, der später sehr aktive Reformpädagoge Helmut Schinkel. Alles in allem eine hochinteressante, eine hochinformative Zeit, die wir in der Pension im Schluh verbrachten. Am Schluss aber ging es uns wie mir auf der Fahrt nach beziehungsweise von Lausanne: Geschichte und Geschichten hingen uns zum Hals heraus. Wir waren froh, dass wir unsere eigene Bleibe hatten. Ruhe vor Namen hatten wir damit nicht, wider Erwarten. Wer einmal sich auf sie einlässt …

Unsere Eltern, vor allem meine (gab es sie eigentlich?), hielten ziemlich Abstand von uns, umgekehrt wir ebenfalls von ihnen. Mal ein Telefongespräch, sonst Stille. Das heißt, Sörens Mutter ließ sich ab und zu hören (zum Glück kaum blicken), und wenn, erwartete sie von ihrem Sohn Dankbarkeit, schon dafür, dass sie ihn überhaupt zur Welt gebracht hatte (Sören: Muss zugeben, darüber bin ich nicht unfroh). War sie tatsächlich mal vor Ort, hörten wir im Grunde nur einen Satz: Genau das habe ich befürchtet. Alles und jedes befürchtete die Frau, eine Wolke genügte und Gewitter war im Anmarsch. Dass überhaupt Kontakt bestand, beinah ein Wunder, denn Sören hasste seine Mutter, und zwar aus tiefstem Herzen. Hatte sie doch seine erste Liebe zerstört, seine erste wirkliche. Dass ich, leise und scherzend, einwendete: Dafür müsste ich ihr doch dankbar sein und du ihr auch, denn wie sonst hätten wir uns kennengelernt, dieser Einwand war natürlich nicht dazu angetan, seinen Groll (ein viel zu harmloses Wort) zu besänftigen, er verzieh ihr nie. Die frühe Geliebte, vier Jahre älter als er, hatte nach der erzwungenen Trennung an ihn geschrieben: Leiden vergeht, nicht, dass wir gelitten, wohl ein Zitat, Worte jedenfalls, die ihm Herz und Seele zerschnitten. Sie war Buchhändlerin und sie hatten sich schon ausgemalt, eine Buchhandlung zu gründen (beim Kauf eines Buches hatten sie sich auch kennengelernt). Ernst, sogar tief ernst und sehr schön war sie gewesen. Dass sie evangelisch war, störte beide nicht im geringsten, wohl aber seine Mutter, die vor allem aus diesem Grund ihren verhängnisvollen Kampf begann, leider nicht abgehalten von ihrem Mann, der sich zu der Zeit beruflich in Südamerika aufhielt. Doch selbst, wenn er da war, war er eigentlich nicht da, insofern fraglich, ob er seinem Sohn wirksam beigestanden hätte (Sören: Irgendwie existierte mein Vater nur als Foto).

Und Birgit düste in der Welt herum. So oft sie konnte, war sie bei uns. Sören schlief dann auf der Luftmatratze. Es war ziemlich eng zu Dritt, aber egal: Wir bildeten ein gemeinsames Nest, waren jedes Mal betrübt, wenn sie wieder weg musste – ins Blaue, wie Sören es manchmal beschrieb, womit er den Himmel meinte, zu dem sich ihre Maschinen erhoben. Und immer, so hofften wir, von uns bestärkt in der Hoffnung, die Begegnung, die alles entscheidende, möge eines Tages geschehen. Bei Rilke fand Sören eine wunderbar passende Stelle:

Gedulden, Gedulden, Gedulden
Gedulden unter dem Blau.
Wenn sie mal wieder bei uns eingeflogen war, fuh-

ren Birgit und ich mitunter nach Bremen, zum Shoppen oder um ins Kino zu gehen, trafen uns auch mit Sören, entweder direkt in der Uni oder in der Stadt, meist am Recken Roland, setzten uns irgendwo hin, bestellten Stachelbeerkuchen und beobachteten die Leute. In der Regel aber hielten wir uns in Worpswede auf, wo es auch Birgit ausnehmend gut gefiel. Sie passe überhaupt gut hierher, meinte Sören, habe das Moorige im Blut, womit er das leicht Hexenhafte meinte, das nicht selten von ihr ausging. Birgit hätte mit andern Frauen bei Mondschein tanzen können, um ein mit Torfballen genährtes Feuer, ähnlich den skurril verformten Birken, wie sie hier häufig anzutreffen sind. Wahrsagerin hätte sie ebenfalls sein können, auch Astrologin, doch mit Sternen hatte sie nichts am Hut, als Bedeutungsträger nicht. Das fand ich immer sehr merkwürdig, bei ihrem Wesen. Selbst ihr eigenes Sternzeichen (Krebs, Aszendent Fisch) trug sie nur als kaum beachtetes Anhängsel mit sich herum, dabei ist Krebs das weiblichste aller Sternzeichen. Stets aber auf der Suche nach ihm, dem richtigen Mann. Sören wollte sie gern auf andere Geleise schieben, so nach dem Motto: Wer sucht, findet mit Sicherheit nicht. Kronzeuge: Nietzsche (da fiel der Name auch schon). Birgit versuchte ihm insofern zu folgen, als sie den fixierten Blick zu einem allgemeinen verwässerte, nicht mehr den Mann erwartete, sondern sich in die Männerwelt stürzte als Lebenswasser. Das hatte natürlich seine Gefahren, und dieser Gefahr erlag sie tatsächlich, in London, weshalb Sören ganz schön Gewissensbisse hatte. Doch jeder ist selbst seines Unglückes Schmied, doch, ist so.

Dabei hätte die große Pause mich gleich stutzig machen müssen, die sehr große Pause. Angeblich wegen einer nochmaligen Zusatzausbildung in der britischen Hauptstadt. Komisch kam mir das zwar vor, aber so, wie Birgit es schilderte, hörte es sich ganz plausibel an. Aber ob sie nicht doch zwischendurch mal eben zu uns? Weshalb auch das, blöderweise, nicht möglich sei, erklärte sie ebenfalls schlüssig. Nun, da sie so gern hier, schien es keine Ausflucht. Dann der Augenblick der Wahrheit: Es meldete sich am Telefon jemand aus London, eine junge Frau, Englisch sprechend, schnell, eine Art Schwall, der aus dem Hörer quoll, Kernbotschaft: Mutter und Kind seien wohlauf. Ich: Birgit Walther? Yes, yes. Am Schluss des mühsamen Dialogs wusste ich das Nötige, vor allem, wo unsere Überraschungsmutter lag.

Ich natürlich, nach Blitzgespräch mit Sören, nichts wie hin. Die große Reisetasche und ab (diesmal via Hamburg). Wieder mal kam mir mein Job zugute beziehungsweise die Zeit, über die ich dank der selbständigen Arbeit als Übersetzerin verfügte. Erst in der Maschine ging mir so richtig auf: Mädchen also, Birgits Errungenschaft. Wie es wohl heißen sollte? Die neu geborene Mutter – auch das doch Geburt – nannte es dann erst mal nur die Frucht der Liebe, obwohl der männliche Anteilseigner dieser ja doch reichlich fragwürdigen Liebe nie mehr gesehen ward. Eine beliebige Beziehung scheint es aber nicht gewesen zu sein, für Birgit offensichtlich nicht. Die Frucht loswerden? Für sie nicht mal eine sekundenlange Überlegung. Weiß nicht, wie ich gehandelt hätte. Die Affäre hatte witzigerweise in einer Kirche ihren Anfang genommen. Der Mann noch Student, angehender Mediziner. Herkunftsland: Tschad. Mit einer etwas obskuren Beziehung zur Botschaft von Saudi-Arabien.

Merkwürdig aber vor allem seine Einstellungen. Einstellungen prophylaktischer Art – für die Zeit nach seinem Studium, als Arzt. Beispielsweise kam für diesen, nach dem Foto halmdünnen Ex-Pförtner einer Missionsstation, werdender Mediziner ja immerhin, nur eine Frau in Frage, die beschnitten sein würde. Mir entfuhr sofort: Also du?! Darüber hätten sie konkret nie gesprochen, sagte Birgit. Aber es müssten ihr doch sofort Schrecken und Empörung in die Glieder gefahren sein, also dass diese ebenso absurde wie schauerliche Absicht auf sie zukommen könnte?! Was jedoch vernahm ich aus ihrem (übrigens sehr hübsch bezogenen) Bett? Dass sie sein Vorhaben als so furchtbar gar nicht empfand. Einige ihrer Kolleginnen aus arabischen Ländern hätten das klaglos über sich ergehen lassen, sähen darin keineswegs eine schändliche Entehrung, empfänden es vielmehr als durchaus angemessenes weibliches Los. So ungefähr, war zu entgeistert, um alles ganz genau aufnehmen zu können. Mühsam: Und das bei einem angehenden Mediziner? Mir schien: eher ein Medizinmann aus dem Busch. Sie hätte ihn lieben können, kam es von Birgit, eine wie schwebend in den Raum geschickte Feststellung. Konnte es jedoch nicht lassen, zu sagen: Aus Liebe hättest du also auf deine naturgegebene Ausstattung verzichtet? Ihr dunkler Prinz, für mich einer der dunkelsten Sorte. Ein Glück, dass er sie nicht mehr verzauberte. Das war nun schon etwas jenseits der Grenze, aber hatte ich nicht recht? (Kürzlich las

ich in der FAZ, dass die Vereinten Nationen für die
nächsten Jahre weltweit mit 86 Millionen Beschnei-
dungen rechnen, 86 Millionen Mädchen, die oft mit
Rasierklingen oder Glasscherben für ihr Leben verstümmelt, um ihr Wichtigstes gebracht werden, auch
mit verheerenden Spätfolgen rechnen müssen. Und
Birgit eine, die sich – Schnappte noch nachträglich
nach Luft.)

Es war nun damals aber nicht die Stunde, um solchen Erörterungen Raum zu geben. Birgits und der
Kleinen Wohl stand auf dem Spiel. Der eigensüchtige
Exot aus dem Tschad war ja weggetaucht, bereits einige Zeit vor der Niederkunft. Selbst er indes hätte
dieses halbbraune Wesen lieben müssen, süß wie es
war. Eine gewisse Vorsorge hatte Birgit insofern getroffen, als sie, wovon ich natürlich ebenfalls nichts
wusste, eine Crash-Ausbildung als Krankenpflegerin
absolviert hatte, in Verlängerung ihrer Tätigkeit als
Stewardess sozusagen, denn an Bord musste sie ja auf
alles Mögliche vorbereitet sein. Klar, es war ein Kurs
zunächst als Pflegehilfe, Krankenpflegerin wird man
nicht so schnell, aber die Richtung hatte sie einge-
schlagen. (Wenn Gudrun Ensslin im Schnelldurch-
gang Lehrerin geworden sei, würde sie das doch wohl
auch für die Krankenpflege schaffen. Gudrun Ensslin?
Was für ein Draht war das denn?)

Hilflos war Birgit jedenfalls nicht – insofern hätte
ich nicht herkommen müssen. Trotzdem war sie heilfroh, dass ich an Bord. Ihre Situation als Deutsche
war brenzlig, die des Babys dazu, das Krankenhaus, in
dem sie sich befand, behandelte sie mit Abneigung,
beinah feindselig, da hatte sie die denkbar ungüns-

tigste Wahl getroffen. Nie waren wir uns näher als in jenen Tagen. Wert legte sie auch darauf, dass Sonja getauft wurde. So hieß es, das herzallerliebste Geschöpfchen. Der Name, von ihr erst am Tag meines Ankommen gewählt, hatte mir sofort gefallen. Sehr angetan auch Sören. Dem war es gar nicht recht, dass er alles nur aus der Ferne mitbekam. Nun galt es, seine Eltern zu informieren. Dass sie schlucken mussten, schwer, konnte man ihnen nicht verdenken. Nun die Frage, wie es denn nun weitergehe. Sich selbst schlossen sie sogleich von jeder praktischen Mitverantwortung aus – kategorisch geradezu. Selbst bei sich sehen wollte man beide, also Birgit plus das Kind, erst einmal nicht, die Sache müsse sich setzen, und das werde dauern, nach Lage der Dinge. Sören: Wohl eher wegen der Nachbarn. Die könnten ja mitkriegen, wer da im Wagen strample: keine von ihnen, mit solcher Hautfarbe. Hildesheim sei nicht Worpswede, sagte sein Vater. Der hatte so sein Bild von hier und meinte nun, ein Argument zu haben. Sören kochte vor Wut, was sonst.

Bei uns in Worpswede ist Sonja dann mehrere Male gewesen. Gelungene Aufenthalte in jeder Beziehung.

Sören nannte sie bei ihrem ersten Besuch »Elf«.

War sie ja auch. Ein Elf aus den Schweizer Bergen. Obwohl: Die ragen ja erst hinter Luzern. Birgit hatte gehört, in der Schweiz werde Krankenhauspersonal gesucht, und also telefonierten wir herum und landeten – eben in Luzern. Und Sonja? Nicht mal ein Problemchen. Mühelos während der Arbeitszeit unterzubringen. Dass Birgit eigentlich in der Luft zuhause war, nahm man eher als Vorteil. Den Umgang mit der

Welt sah man als geeignete Voraussetzung für einen Aufenthalt in der weltoffenen Schweiz, zumal wenn er dem Funktionieren des eigenen Gemeinwohls diente. Und das traf hier ja zu. (Wenn Weiterbildung zur Krankenpflegerin erwünscht … Aber ja, sehr erwünscht.) Vorerst konnte sie auf dem Klinikgelände wohnen, für die Suche nach einer eignen Wohnung wurde jede Unterstützung zugesichert. Ich dachte, ich träume. Wie glatt hier alles lief. Birgit dagegen nahm's so heiter wie selbstverständlich: Es müsse doch auch mal etwas gutgehen.

Sören sekundierte fernmündlich: Auch das Gelingen ist Realität.

Und dann war sie auch schon da unten, am schönen Vierwaldstätter See – mit ihrem süßen Bündel. Und damit hatten auch wir einen Fuß in CH. Was vor allem Sören sehr behagte: Er empfand es immer als große Erleichterung, in Basel die Grenze passieren zu können, er fühlte sich in der Schweiz freier, nicht wie sonst Menschen dort aufatmeten oder es noch tun. Bei ihm war es eine zutiefst persönliche Freiheit, die mit Basel sich auftat – oder vielmehr war es die Möglichkeit einer existenziellen Entfaltung, als ob die hier nicht gegeben sei. Wahrscheinlich diente dieses Land als Bild für eine Zukunft, die er ersehnte. Vor allem das Tessin eröffnete ihm ein Leben, das er anstrebte. Weiß inzwischen ja, welcher Art dieses Leben war, für mich ein schlimmes. Tessin bedeutete Süden, und mehrmals habe ich schon gedacht, gemeint hat er in Wahrheit den Süden seines Körpers. Unbewusst muss dies in mir wie ein, nein, nicht wie ein kaltes Feuer, oder doch, irgendwie trifft es, also wie ein kaltes Feuer gewirkt haben, als wir unsere Reise in den untersten Zipfel des Ticino machten, denn es war wohl unsere merkwürdigste Reise. Für mich war sie das, weshalb ich ja auch einmal geweint habe, ein scheinbar völlig grundloses Weinen, wo doch jener Tag so geleuchtet hatte.

Sein mit der Schweiz verbundenes Freiheitsgefühl veranlasste mich einmal zu der Frage, ob er Worpswede allmählich leid werde. Aber keineswegs, versicherte er, nur gefalle es ihm, mal aus dem eigenen Laufstall zu kommen, und die Schweiz habe ihn schon immer angezogen.

Frei, sagte ich, fühlen wir uns in Worpswede wie nie zuvor, etwa nicht? Sofort waren wir wieder auf gleicher Wellenlänge.

Eine, die zum unbehelligten Dasein wesentlich beitrug, war die Vermieterin unserer dann richtigen Wohnung, Frau Hollein. Sie besaß einen zweigeteilten Bungalow »Hinterm Berg«. Der Name sagt alles: Die Straße schlängelt sich hinterm Weyerberg, eingefasst zum Teil von einem beidseitigen Wohnband. Besagter Bungalow zeigte sich teils in Holz, teils in Stein, weiß beim Stein, tiefrot beim Holz. Dänisch irgendwie (was nicht passte, war die alberne, weil verschnörkelte Außenbeleuchtung, laut Sören wie in Gelsenkirchen). Sehr okay das Fensterband, welches um das ganze Haus lief. Dieses präsentierte sich – sehr ansprechend – als leicht geschwungener Riegel. Auf der Rückseite, Erbe des ursprünglichen Geländes, ein im alten Zustand belassener Streifen mit Heide und Wacholder, der wiederum an einen großen, mit Beerensträuchern gesäumten Obstgarten grenzte. Gehörte zu einem zurückliegenden, reetgedeckten Bauernhaus.

Ich beschreibe, was wir so beim ersten Mal natürlich noch nicht sahen. Im »Weser-Kurier« war an einem Samstag eine geräumige, abgeschlossene zweite Wohnung eines Bungalows angeboten worden, eben »Hinterm Berg«. Waren dort bei einem Spaziergang schon vorbeigekommen, hatten das Haus auch als gefällig registriert. Nun sollte da Wohnung Nr. 2 zu haben sein. Natürlich, keine Frage, für uns. Sofort die angegebene Nummer gewählt, einen Termin ausgemacht. Dass der nicht sofort, sondern erst in drei Tagen sein sollte, stimmte uns etwas ängstlich, aber Sören sagte, ihm sei bei der Frau ein dauerndes tiefes Räuspern aufgefallen, wodurch wir uns berechtigt fühlten, Erkältung als Grund für die Verzögerung anzunehmen.

Dann war es so weit. Wir wurden freundlich empfangen, herumgeführt, wobei die Hausherrin mit ihrem eigenen Teil anfing, obwohl der ja nun nicht unser Ziel war, doch sie tat, als gehöre es mit zum Programm. Abschnitt I wurde indes nicht allein von ihr, sondern zusätzlich von ihrer Tochter bewohnt, wenn diese auch nicht immer anwesend war. Deren Zimmer bekamen wir gleichwohl zu sehen, deren Schlafzimmer, wie die Dame bemerkte. Aber obwohl da ein Bett, hatte es eher den Charakter eines Arbeitsraums mit Schlafmöglichkeit. Endlich gelangten wir in den anderen Bereich, der sogar einen Tick größer war, wobei wir mit Erstaunen feststellten, dass auch dort Möbel standen, keineswegs die noch nicht abgeholten Möbel eines Vormieters, sondern eigene, wie wir aufgeklärt wurden. Sie habe diese Räume bisher als eine

Art Zweitwohnung gesehen, als Zweitwohnung unter eigenem Dach sozusagen. Sören fragte vorsichtig: Also nicht der Teil für die Tochter? Nein, mit dieser – Lehrerin wie sie, an einer Gesamtschule in der Kreisstadt – bilde sie eine direkte Wohngemeinschaft, ja, so drückte sie sich aus: »direkte Wohngemeinschaft«. Deren Schlafzimmer befinde sich ja auch, wie von uns gesehen, vorn. Was Sören und ich, da Frau Hollein gerade wegschaute, mit einem leicht fragenden Blick quittierten. Ansonsten zeigten wir uns laufend beeindruckt, was kein bisschen vorgespielt war, waren wir doch hingerissen: diese Wohnung oder keine. Ich schickte Gebete gen Himmel, schickte selbstverständlich keine, hoffte aber inständigst, mit der Dame klarzukommen, auch wenn wir bluten müssten. Irgendwann kamen die erlösenden Worte: Wie ich sehe, könnten wir uns einig werden. Das wurden wir, bei einem Rotwein, den sie aus zwei gleichen Flaschen, die beide auf ihrem Tisch standen, einschenkte: Aus dem Roussillon mitgebracht, wo sie soeben gewesen sei. Sören ungerührt: Kennen wir, mit Licht getränkte Erde. Frau Hollein: Mit dem Feuer der Götter. Sören: Sie sage es. So kamen wir zum rotweinbeladenen Abschluss. Die Miete: noch so gerade aufzubringen.

Auf dem Heimweg tanzten wir.

Hatten wir bisher eine Unterkunft, wenn auch eine besonders ansprechende, so besaßen wir jetzt ein Heim. Wie es aber einrichten? Sören: An Rilke werden wir uns kaum halten können. Der Dichter hatte – was uns nicht wenig beglückte – unweit unseres künftigen Domizils gewohnt, in Südwede, hatte nach der Eheschließung (durch einen evangelischen Pastor im schwiegerelterlichen Bremer Wohnzimmer) ein bäuerliches Anwesen bezogen, dessen Ausstattung er zum Teil selbst entwarf, den Rest lieferte Freund Vogeler. Nun aber wir. Und die erste Krise nahte.

Die Liste des Notwendigen war zwar rasch erstellt, wie indes das Notwendige aussehen sollte, darüber gerieten wir in eine nie geahnte Gegensätzlichkeit, die beinah kriegerische Ausmaße annahm. Denn über Geschmack ließ sich sehr wohl und sehr heftig, ja verletzend streiten. Schön, was wir auf keinen Fall wollten, da waren wir auf einer Linie. Aber ob das Bett eher verspielt oder in Bauhaus-Manier (zu der ich tendierte, was zugegeben als etwas unromantisch ausgelegt werden konnte), ob die Fußböden Teppiche erhalten oder als reiner (und echter) Parkettbelag bleiben sollten: Es gab nichts oder wenig, wo keine Funken sprühten. Das machte uns, wenn mal eine Feuerpause sich ergab, ganz schön betroffen. Zumal ja gleich der Gedanke sich einnistete, ob es sich bei unserer Beziehung nicht doch um ein Zwei-Personen-Stück der unverträglichen Sorte handele. Schnell machten wir den Tag zur Nacht, um uns unserer Zusammengehörigkeit zu vergewissern, schöne, aber unnötige Veranstaltungen, denn natürlich war uns klar, dass Zusammengehörigkeit am wenigsten durch Leidenschaft bezeugt werden kann. Wann aber gehörte man zusammen? Bestimmt nicht nur dann, wenn man einer Meinung ist. Oder sich eben im Bett versteht. Wieder mal und noch mehr als bisher: Diskussionen, und sie blieben nicht philosophischer Natur. Es waren unsere bisher anstrengendsten Tage, eher Wochen.

Eine gewisse Entspannung trat ein, als Frau Hollein uns anbot, die vorhandene Einrichtung erst mal zu übernehmen und uns mit unseren eigenen Vorstellungen Zeit zu lassen. Wenn nur diese eigenen Vorstellungen zusammengeflossen wären. (Später las ich, lächelnd, in der »Frankfurter Allgemeinen Sonntagszeitung«: »Wenn Paare zusammenziehen, treffen auch ihre Möbel aufeinander. Eine nicht immer friedliche Koexistenz, an der manche Beziehung sogar zerbricht.«) Wie auch immer, wir nahmen ihren Vorschlag erleichtert an, zogen an einem frühlingshellen Tag aus und zogen ein. Eigentlich war es so, als übernähmen wir eine möblierte Wohnung, und tatsächlich ließen wir das kriegsgefährliche Planen vorläufig sein. Das Bett war, wie im Schluh, ein französisches, was Paare in Phase 1 bekanntlich wenig stört. Da die Sonne in jenem Jahr häufig schien, saß und arbeitete ich oft draußen auf der Terrasse oder ließ mich sogar auf dem schmalen Heide-Wacholder-Streifen nieder – sehr malerisch in meinem Tulpenkleid, wie Sören fand, Heinrich Vogeler hätte in seiner Jugendstil-Zeit Freude an mir haben und zum Pinsel greifen können. Das wäre dann sein zweites großes Worpsweder Frühlingsbild mit einer jungen Frau geworden: erst Martha, dann Regina – ich.

Gefiel mir.

Was uns freilich beim Umzug geschmerzt hatte und auch schmerzlich nachwirkte: der Abschied von Romeo. Vor allem wegen ihm kamen wir später immer mal wieder in den Schluh, schmusten mit ihm herum. Er war eine so einzigartige Erscheinung, dass wir gar nicht auf den Gedanken kamen, uns selbst einen Kater anzuschaffen. Und dabei war ich doch den ganzen Tag zu Hause. Und bei Reisen hätten wir das Tier sicher Frau Hollein überlassen dürfen. Romeo bekam sogar eine therapeutische Funktion: Manchmal, wenn es bei uns gewitterte, begaben wir uns in unser erstes Quartier, ließen Romeo schnurren. Diese Fertigkeit hatte besonders Sören drauf. Versteht sich, dass wir hin und wieder auch bei Monsieur Toom anklopften (zwei Wintermonate lebte er immer in Paris). Dann zeigte er uns, was er zwischendurch für uns zurückgelegt hatte, so dass wir jedes Mal mit neuem Worpswede-Wissen zurückkehrten. Da die Abstände ziemlich groß, nahmen wir die frischen Kenntnisse auch keineswegs mürrisch entgegen.

Wenn ich gerade von anklopfen sprach: Das taten wir zwar, aber hinein ließ der Falter uns nie, holte nur rasch die für uns zurückgelegten Sachen heraus, um sie dann auf dem langen Tisch in der Diele auszubreiten. Die Tür, wenn er die Dokumente holte, schubste er zum Rahmen zurück, für uns wie ein Vorhang. Einmal aber rief die Pensions-Inhaberin ihn ans Telefon, und er eilte, ohne die Tür hinter sich zu schließen oder anzulehnen – für uns die lange ersehnte Gelegenheit, einen Blick in die Höhle zu werfen. Entgegen gähnte uns – Chaos. Was ins Auge fiel: die Büchertürme auf dem Boden. Und natürlich dieses Foto, das uns den Atem verschlug, nicht weil es spektakulär war, sondern weil wir es nie und nimmer dort vermutet hätten: Es war das Bild der jungen Françoise Sagan. Haar, Ausdruck, alles schien in Aufruhr. Sie saß vor ihrer Schreibmaschine, wohl die, aus der sie in ein paar Wochen ihren Mega-Bestseller »Bonjour tristesse« gesogen hatte. (Auch mit Hilfe einer Flasche? Eine stand nämlich auf dem Tisch.) Was erstaunte, war das herbe Gesicht, fast hart war es. Trotzdem wild, das Ganze. Natürlich kannten wir schon Bilder von ihr, doch auf denen erschien sie uns lockerer und irgendwie besser aussehend. Hier blickten wir auf eine fast versteinert wirkende, dennoch rebellische Frau. Sehr, sehr gegensätzlich, was da von der Sagan rüberkam.

Und aus diesem Grund sehr stark, das Foto. Versteht sich, dass wir Toom auf das Bild nicht ansprachen. Hätte Simone de Beauvoir da gehangen: okay. Aber Sagan?

Find's prima, flüsterte Sören.

Absolut, flüsterte ich zurück.

Da stand Toom fast schon wieder bei uns. Diesmal, so bemerkte er, habe er etwas ganz Besonderes für uns, wir würden staunen.

Wie immer gesagt mit seinem grauen und ach so rätselhaften Lächeln.

Ein gewisses Lächeln eben.

(Längst bin ich überzeugt: Toom mochte Sagan, weil diese Paul Éluard mochte, immer wieder Verse seiner unvergleichlichen Poesie in ihr Werk übernahm, aber nicht, um mit Glanz des Großen das eigene literarische Silber aufzupolieren, sondern aus Verehrung, ja Liebe.)

Meine, doch auch Sörens Neigung zu Geschichtlichem und Historischem, sie war ja ziemlich abgekühlt, nur verführte uns die ständige Begegnung mit Namen, die mit Worpswede zu tun hatten, zu einer Wiederbelebung unserer Manie. Wir waren wie Süchtige, die sich dauernd die Notwendigkeit eines Entzugs vorbeten, aber dabei schon zum nächsten Joint greifen. Schlimm.

Die neue Umgebung nahm uns mit freundlicher Gleichgültigkeit auf. Für das Nötigste gab es einen kleinen Lebensmittelladen an der Ecke, unterhalten von einem – auch vor Kunden – ständig zänkischem älteren Ehepaar. Frische Eier besorgte ich mir von der Nachbarin, keine richtige Bäuerin mehr, denn ihr Mann war krank, konnte sich nur noch mühsam fortbewegen. Seine Frau veräußerte eigenes Obst und eigene Früchte, so was wie ein Hofladen. Dadurch war ich fast jeden zweiten Tag bei ihr, nicht nur wegen der Eier, auch um Äpfel und was es sonst an Jahreszeitlichem gab, zu kaufen. Die Sträucher mit den Beeren hatten es mir besonders angetan, veranlassten mich tatsächlich, in die Marmeladenherstellung einzusteigen. Sören war begeistert. In einer gesonderten Ecke gediehen die prallsten Brombeeren, und üppige Holunderbüsche fehlten ebenfalls nicht. Klar, dass ich auch da zulangte. Ganz vorne, fast schon bei uns: Schlehen. Kriegte einfach ein ganz neues Verhältnis zu solch natürlichen Dingen. Das beinah Schönste noch: Auf dem Dach des Bauernhauses war ein Storchenpaar zuhause. Das Geklapper war bis zu uns zu hören. Eine Freude für sich, eine exklusiv. Und die staksenden Herrschaften kamen jedes Jahr wieder, wie uns versichert wurde und wie ja auch auf der Tafel im Hauseingang belegt war, da stand genau der Tag ihrer jeweiligen Ankunft vermerkt. War das nicht toll: Störche als unsere Nachbarn? Sie passen ja auch so gut zu Worpswedes hohem Himmel.

Frau Hollein kam uns in keiner Weise in die Quere,

zu fürchten hatten wir ohnehin nichts. Dafür war ihre Tochter öfter bei uns beziehungsweise bei mir, meist wenn Sören in Bremen, was aber keineswegs bedeutete, dass sie sich aus dem Weg gingen. Ganz schlau wurde ich aus ihr nicht, so als Typ nicht. Mal völlig nichtssagend, dann wieder plappernd. Seltsam. Was Männer betraf: fast wie bei Birgit, ein Kommen und Gehen, wobei das Gehen bei uns immer sehr breiten Raum einnahm, das erzählte sie romanreif. Ausgespart wurde das Aufeinandergehocke von Mutter und Tochter. Mich wunderte, dass sie überhaupt einen eigenen Raum zum Schlafen hatte, oft lag sie, wie ich im Lauf der Zeit erfuhr, neben ihrer Mutter, war ja ebenfalls ein französisches Bett.

Warum aber dieses zusammengeklebte Verhältnis? Wagte allerdings nicht, Lydia darauf anzusprechen, und sie von sich aus ließ nichts verlauten. Wunderte mich, dass sie in den Kreisstadt noch ein Zimmer hatte, nicht jeden Tag die paar Kilometer mit ihrem kleinen Fiat zurücklegte. Sage: nicht jeden Tag, denn sie war weitaus mehr hier als in OHZ. Da wiederum, man höre und staune, war die Mutter beinah ständiger Gast bei der Tochter, wenn diese mal dort blieb. Doch ebenso kurios wie erschreckend. Wusste ich ja bereits, fand es angesichts der hiesigen Situation aber erstaunlich: so viel Eigenmächtigkeit? Weit erstaunlicher indes, nahezu erschreckend. Immerhin traute ich mich zu fragen, wo denn der Vater, der Ehemann. Auf und davon zu einer anderen, erfuhr ich, in Hamm. Ich: Na, da hat er aber einen Tausch gemacht, ist wohl nicht gerade Landschaftsschutzgebiet, die Gegend dort. Schulmensch aber auch er, Physiklehrer, der

Bungalow zu gemeinsamen Zeiten also ein einziges Lehrerzimmer. Dieses Haus, für mich sonnenklar, war nicht nur schön, sondern bizarr, vielleicht sogar krank, bewohnermäßig.

Einmal, abends, Sören wurde noch durch eine Sitzung in der Uni festgehalten (diese ewigen Sitzungen dort), saß Lydia – wir hatten uns sofort geduzt – im Bademantel bei mir am Kamin. Mich wunderte, dass sie so spät hatte kommen können, zumal in diesem Aufzug. Bereits früher hatte ich gefragt, ob es ihre Mutter nicht störe, dass sie sich öfter nach nebenan, zu mir begebe, hatte nämlich das Gefühl, dass es ihr nicht recht sei. Antwort: Ja und nein. Ich, vorsichtig: Und das heiße? Jedenfalls habe sie ihn ihr auch schon verboten, unseren Umgang. Dass sie sich überhaupt etwas verbieten lasse, sie, die erwachsene Tochter, das zu hinterfragen unterließ ich mal wieder. Wundern tat es mich nicht, dieses Verbot. Bestimmt hatte es wenig oder nichts mit mir und Sören zu tun, alles aber mit dem höchst seltsamen Verhältnis Mutter-Tochter. Irgendwann an diesem Kaminabend löste sich beim Erheben der Gürtel ihres Bademantels, ich hatte freien Blick auf ihren Körper. Was ich sah, erschreckte mich, aber es erschreckte mich nicht wirklich, weil ich mich in einer dunklen Ahnung bestätigt fühlte. Am Ende bot ich ihr ein Bad an, eins à la Kandahar, wobei ich ihr aber sofort ansah, dass es dazu nicht kommen würde, diesmal nicht, denn klar ließ sie erkennen, dass es schön wäre, sich von mir umsorgen zu lassen. Wenn man's genau nahm: ein doch ziemlich erstaunliches Bekenntnis. Den Bademantel (lila) hat sie ir-

gendwann fallen gelassen und sich gedreht, langsam,
so dass ich sie von allen Seiten betrachten konnte.
Dabei sagte sie: Auch auf diese Weise kann man Man-
nequin sein, nicht wahr? Bei der Gelegenheit fiel mir
auf, wie groß doch ihre Brüste waren. Wenngleich die
Situation jetzt eine ganz andere, musste ich an Birgit
denken, an ihre Praxis, Neues jedweder Art vorzufüh-
ren (was das angeht, war ich ganz froh, dass sie sich
meist außer Sichtweite befand). Mein Erschrecken bei
Lydias Anblick (ohne Slip!) allerdings gefror: In der
Wohnung unserer Vermieterin wurde nicht nur auf
beklemmende Weise gelebt, sondern es wurde auch
etwas ausgelebt. Das schien mir damals absolut sicher.
Wenn es auch kein Bad gab, so sind wir doch auf dem
Boden nahe aneinander gerückt, und ich habe sie ge-
streichelt, übers Gesicht und die hellblonden Haare,
eigentlich überall.

An unserer Tür stieß sie mit dem fix und fertigen
Sören zusammen. Er freute sich, dass es im Kamin
noch glomm, stürzte den ersten Becher förmlich hi-
nunter: Was für ein Tag, die Bremer und ihre Disku-
tier-Schlangen (Zitat).

Es war eine gute Ablenkung, dass ich ihm von Lydias Eröffnung berichten konnte, dass ihre Mutter trin-
ke. Ein bisschen hatte uns ja schon gewundert, dass
bei unserer Hausbesichtigung zwei Flaschen auf dem
Tisch gestanden hatten, zwei gleiche mit Wein aus
Südfrankreich. Das handhabe sie immer so, hatte Lydia berichtet. Stets müsse das Doppelte greifbar sein,
was aber nicht bedeute, dass sie unmäßig konsumie-
re, ihre Mutter brauche nur das Gefühl, ausreichend
versorgt zu sein (gilt, wie ich inzwischen weiß, als ty-

pisch für eine Abhängigkeit). In der Schule bereite das keine Probleme, hatte ich gefragt. Sie mäandere sich durch, antwortete Lydia, jedenfalls sei sie noch nicht unangenehm aufgefallen. Oder sie habe es ihr nicht erzählt, war mein Kommentar gewesen.

Sören selbst war an diesem Abend in keiner Weise zurückhaltend, setzte den Steinguthumpen immer wieder an die Lippen (ja wir nannten die so schönen Becher bekloppterweise Humpen, waren bei dem Germanenausdruck geblieben, nachdem wir sie ganz am Anfang so genannt hatten, dabei hätten sie, in Menton erstanden, von Matisse sein können). Gemeinsam war das Erstaunen, dass sie sich, also Lydias Mutter, ja doch immer wie normal verhielt, nicht etwa ein schwankendes Bild vermittelte. Gut, die Stimme erschien manchmal gebrochen, aber war das ein bedenkliches Zeichen? Uns begegnete sie stets in passablem Zustand, doch wir wussten nun: Sie trank.

Sören: So weit sei es mit ihm nicht gekommen. Was er meinte; sein sich Einlassen an der Uni auf »Stoff«, sozusagen um nicht aus der Reihe zu fallen und um mal zu erleben, in welche Welten man da gleite. Dann aber bald die Notbremse gezogen, eine solche Art von Weltenbummler habe er nicht werden wollen.

Gefahr erkannt, Gefahr gebannt, murmelte ich schläfrig.

Drogenfreak sei und bleibe er dennoch, schob er nach.

Jetzt verwirre er mich. Liebe, antwortete er, Liebe ist die größte Droge. Und die einzige, die erlaubt ist.

Kuss, Kuss, Kuss.

Entzug unmöglich, schob er stolprig nach.

Was für eine herrliche Sucht, schnurrte ich.

Auf alle Fälle war er froh, das musste trotz aller Gähnerei nochmal raus, in Bremen gelandet zu sein, Diskussions-Schlange hin, Diskussions-Schlange her. Eine Kollegin komme ihm besonders entgegen, eine Elke. Da er es genau so ausdrückte, war ich plötzlich doch wach, verständlicherweise: Aha, sie komme ihm entgegen. Er, heiter: Gefahr sei nicht im Verzuge. Dennoch, plötzlich ritt mich ein kleiner Teufel und ich warf den Namen Elke immer wieder in unsere heimelige Zweisamkeit – etwa so, als würde man einen nassen Holzscheit in die Kaminglut werfen. Sören ließ sich anstecken, zündete selbst einen kleinen Sprengsatz, indem er anfing, mit einer Erwägung der besonderen Art zu jonglieren und zu zündeln, nämlich, ob es denn wirklich für die Partnerschaft so schlimm, so hochgradig gefährlich sei, wenn man sich mal einem fremden Parfum überlasse. Warum nur werde gleich ein Drama daraus gemacht. Recht hatte er, dachte ich und füllte mir tatsächlich noch einmal nach: War aus den Tagen mit Conz ein Gewitter für unsere Ehe entstanden? Weiß gar nicht mehr, mit welchen Themen wir aus dem ohnehin nicht mehr jungen Abend eine Endlosschleife machten, immerhin, der Name Elke fiel nicht mehr, soviel weiß ich doch noch. Dafür fielen uns schließlich die Augen fast zu, so dass wir uns in den Bedroom schubsten. Dabei drang ein Geräusch von nebenan zu uns, ein unbestimmtes, eines aber, bei dem wir uns ansahen, weil wir es unausgesprochen als bedrohlich, eher verstörend empfanden. Jetzt hätte der Augenblick sein können, doch noch zu erzählen, was sich zwischen Lydia und mir ereignet hatte, nur: Was hatte sich denn ereignet, doch nichts Außergewöhnliches? So etwas wie ein Schock freilich war es gewesen, wenn auch …

Ins Bett, sagte ich, und das sogar laut, nichts wie ins Bett. Sören sprang mit auf den Zug, indem er, gleich für mich mit, das Zähneputzen ausfallen ließ (ohnehin hielt er die vermeintliche Notwendigkeit des zweimaligen Säuberns für bloße Verkaufsmasche, Gesundheit werde hier nur übelst vorgeschoben). Scherzhaft schnupperte ich bei ihm nach verräterischen Duftspuren, er darauf nach nicht verräterischen bei mir: Wie er mich doch liebe.

Der BH im freien Fall. Süßer Vogel Schlaf.

Am Morgen wachte ich auf, als sei ich krank. Vielmehr: als stünde mir eine Operation bevor, eine unbekannte. Dieses Gefühl wurde so etwas wie mein ständiger Begleiter. Unsinn, kein ständiger, aber es tauchte in den kommenden Jahren zunehmend auf, selbst als Silke sich in meinem Bauch breitmachte. Ein knisterndes Unbehagen, das von einem unseligen Verlauf kündete. Doch welchem?

Der Tag der Aufklärung kam. Ich war im Ort gewesen, hatte so einiges gekauft, unter anderem einen kleineren Teppich, honigfarben, auf dem man gut vor dem Kamin würde lagern können. Ich war so von der Vorstellung eingenommen, dass mir der Anblick des Clios gar nicht ins Bewusstsein drang, es außerdem recht mühsam war, das doch recht schwere Teil ins Haus zu befördern – sofort, sofort würde ich die honiggelbe Bereicherung vor dem Kamin ausbreiten. Sören war wohl ebenfalls ganz in seiner Inszenierung eingespannt, so dass er mich gar nicht beachtete, wahrscheinlich überhaupt nicht wahrnahm. Ich bin also unterwegs zum Wohnraum, schleife den eingerollten Teppich hinter mir her, schon ganz in Vorfreude, als mein Blick ins Schlafzimmer schießt, alarmiert aber durch keinerlei Geräusch, auch nicht durch ein Erstaunen, dass Sören schon zurück war, nur aus der unbewussten Zielvorgabe heraus: Sieh hin. Mithin, ich sah hin, und was ich sah, ließ mir die berühmten Haare zu Berge stehen. Obwohl: Ich hätte auch lächeln können, schon so manche Frau wird das bei ähnlichen Aufführungen getan haben: Diese Männer, kommen doch nicht aus der Pubertät heraus. Ich aber fand es keineswegs postpubertär, es entsetzte mich. Sören also stand, sich ganz leicht wiegend, mit einem meiner BHs vor dem Spiegel, hatte ihn nicht etwa in der Hand, sondern hatte ihn angelegt, befühlte sich da oben, trat auch zurück, um sich dann mit dem Oberkörper dem Spiegel entgegenzustrecken – so, als wolle er sich darbieten, darbieten in dieser lächerlichen, weiblichen Aufmachung. Ich, ich war fassungslos, war sofort von dem Gedanken eines Unheils durchdrungen, fand mich bestätigt in meinem latenten Unbehagen. Wirklich, nicht einen Augenblick dachte ich an verspätetes Pubertätsgehabe, um dann einfach darüber hinwegzusehen und weiterzugehen, ins Wohnzimmer, sondern war getroffen, zutiefst, war ich doch auf ein Verhängnis gestoßen, unserem. Hier tat sich etwas Neues auf, Sören zeigte sein Gesicht, zum ersten Mal oder zum ersten Mal so deutlich. Ich stand da, mit dem losgelassenen Teppich, sagte nichts (meine Mutter hätte gesagt: wie Lots Weib), und auch von Sören kein Wort. Dabei hatte er mich inzwischen wahrgenommen, stand jetzt ganz starr da. Ein Bild für die Götter, hätte man ebenfalls sagen und den Kopf schütteln können. Ich dachte, ja, das fiel mir tatsächlich ein: wie eine Vorlage für die Österreicherin, diese Katinka, die ja bei ihren Skulpturen alles an die falschen Stellen rückt. Mein BH, der gehörte nicht da hin, wo er jetzt war. Doch dies hier war kein künstlerisches, sondern ein menschliches Werk, war reale Wirklichkeit und eine, die schlimm war.

Ein grauer Tag, und was für einer. (Modersohn fand graue Tage ja herrlich, aber der war schließlich Maler.)

Als ich mich dann doch wieder in Bewegung gesetzt hatte, stutzte ich: Es war ja gar nicht ein BH aus meiner Wäschekommode gewesen, sondern ein mir völlig unbekannter. Und sofort fiel mir diese Elke ein. Aber weshalb sollte die ihm einen BH ausleihen? Unsinniger Gedanke. Und wenn doch? Wenn sie wusste, wie es in Wahrheit um ihn stand? Ein Karussell begann sich zu drehen, musste mich gegen die Wand lehnen.

Es war der Anfang, und es war Schrecken genug. Oder hätte es sein müssen. Stattdessen lief alles an mir runter. Zumindest erscheint es mir heute so. Die roten Ampeln waren da, aber ich hielt nicht an, erst nicht. Dabei hätte der Schlafzimmer-Coup mir die Augen öffnen müssen, den ersten Blick hatte ich ja getan. Andererseits: Was wäre gewonnen gewesen, hätte mein Pferd sich schon bei den ersten Schlägen aufgebäumt? Die Schlacht hätte früher begonnen, das wohl, hätte aber den gleichen Verlauf genommen, vielleicht nicht in den Einzelheiten, doch ob ein Drama um viertel vor acht statt um acht beginnt: Der Inhalt des Stückes verändert sich dadurch nicht.

Böse Überraschung Nummer 2: Sein Bart war weg. Erneut stand ein Fremder vor mir. Mit dem Schnauzer hatte ich ihn kennengelernt – nicht zuletzt er hatte Sören für mich attraktiv gemacht, als Mann. Diesmal sprach ich ihn auf die Veränderung an, auf der Stelle: Wie er denn auf diese Schnapsidee verfallen sei – Elke zuliebe? Knallhart so. Der Bart habe einfach weg gemusst, sagte er. Jetzt auf einmal? Endlich, kam von ihm. Keine Minute länger hätte er ihn behalten können. Damit war für ihn die Sache abgeschlossen, nicht aber für mich. Ich blieb dran, ohne natürlich etwas mehr ändern zu können. Also, er war ab, der Bart, buchstäblich – und für ihn endgültig. Für mich hatte Sören damit auch einen Teil unserer Liebe wegrasiert. Es dauerte, bis ich mich halbwegs damit abgefunden hatte, aber schließlich: Man gewöhnt sich an alles, selbst an das Schlechte. Auch die Geschichte mit dem BH rutschte ins Abseits. Dass Elke in beiden Fällen die Finger mit drin hatte, flackerte indes weiter. Diese Möglichkeit verschluckte sozusagen die zugrunde liegenden Handlungen.

Was mich ablenkte: der Auftrag, ein Buch ins Spanische zu übersetzen. Sonst sollte bei meiner Tätigkeit ja immer etwas in Deutsch herauskommen, aus dem Französischen, Amerikanischen und eben Spanischen, doch diesmal ging's darum, einen deutschen Text in ein iberisches Gewand zu kleiden, einen aber aus Svizzera. Ein noch junger spanischer Verlag (ansässig in

Barcelona) wollte einen bisher unbekannten Text der früh verstorbenen Annemarie Schwarzenbach herausbringen. Eine literarische Premiere also und insofern schon etwas Besonderes. Das Buch war in einer Bibliothek in Fribourg als ziemlich vergilbtes Schreibmaschinenexemplar entdeckt worden, Gott sei Dank mit Datum versehen, es stammte aus dem vorletzten Lebensjahr der 1942 in ihrem Haus in Sils an den Folgen eines Unfalls verstorbenen Schweizerin. Zunehmend hatte die Autorin als Talent gegolten, ohne zum Durchbruch gelangt zu sein. Ein spanischer Literaturprofessor nun, einige Monate zu Gast in Fribourg, war bei seinen dortigen Streifzügen durch abgelegte Bestände auf das besagte Manuskript gestoßen, und da ihm der Name Annemarie Schwarzenbach zwar nicht vertraut, aber auch nicht unbekannt war, hatte er sich ans Lesen gemacht, hatte höchste Erstaunliches gelesen und war damit dann an den Verlag in Barcelona herangetreten, der alle Schritte zur Veröffentlichung einleitete, wozu gehörte, sich an mich zu wenden. Dass das erste Erscheinen nun in Spanien, nicht im Heimatland der Autorin erfolgen würde, war allerdings merkwürdig, kannte und kenne die Hintergründe nicht, war nur erfreut über den Auftrag. Hatte mal einen Titel des spanischen Verlags für den hiesigen Markt übersetzt, der schmale Band war ordentlich verkauft worden (eine Abhandlung darüber, weshalb das Wort »Nie« keine Daseinsberechtigung besitze, denn ein »Nie« gebe es nicht, selbst eine scheinbar unumstößliche Tatsache könne in eine Ausnahme umschlagen, auch und sogar in der Naturwissenschaft; das Ganze ein tiefgründig-witziger Essay über das bekannte »Sag niemals nie« und, wegen der naturwissenschaftlichen Aspekte, auch für Sören hochinteressant). Jedenfalls war ich nicht übermäßig erstaunt, als bei mir plötzlich Barcelona in der Leitung: Ob ich nicht … War sofort angetan, zeitlich kam es hin, wenn ich mich auch wunderte, sie hätten ja auch einen mit dem Deutschen vertrauten Spanier beauftragen können, den Text für ihr Land einzugemeinden. Doch sie wollten nun mal diesen Weg gehen, mit mir, Regina Rief (RR), sich von mir etwas aus dem Raum der deutschen Sprache in ihr kostbares Spanisch hieven lassen. Mir konnte es nur recht sein. Freilich, der eigene Mut sollte gepolstert werden, sie wollten sicher sein, dass sie das Erwünschte auch tatsächlich bekämen. Mailten mir daher ein paar Seiten, für die ich dann drei Tage brauchte, mailte sie als spanische Fassung zurück, worauf die endgültige Vergabe nahezu umgehend erfolgte.

Inzwischen hatte ich mich mit Leben und Werk der Autorin vertraut gemacht. Fotos zeigten eine sehr gut aussehende junge Frau. Schlank, sehr schlank, und das kurze Jean-Seberg-Haar stand ihr ausnehmend gut zu Gesicht. Tochter eines weltweit agierenden Seidenfabrikanten (mit über 40 000 Beschäftigten). Früh eine Frl. Doktor, spielte Klavier mit Pianistenreife. Was sportlichen Mut und sportliches Können betraf, nahm sie es mit jedem Mann auf, in der Liebe bedeuteten ihr, abgesehen von Ausnahmen, Männer nichts. Frauen dafür alles. Nur im Outfit suchte sie Anlehnung ans Maskuline, trug in jungen Jahren bayerische Lederhose, sogar in der Kirche. Jedenfalls eine von der Lesben-Weide. Lag zu Füßen besonders der Thomas-Mann-Tocher Erika, ohne jedoch auf Gegenliebe zu stoßen, auf erotische Gegenliebe. Rundum mondänes Geschöpf, trotzdem in Traurigkeit gebadet. Liebte sogar das Leiden. Schrieb und schrieb, Sätze wie »Warum werden wir in die Welt gestoßen?« »Das einsame Sterben … ist nur Symbol des einsamen Lebens.« (Könnte man es aber nicht auch umgekehrt sagen: Das einsame Leben … ?) Das Buch, das ich übersetzte, hatte sie »Absolut leben, absolut lieben« genannt. Absolut sollte bei ihr ja alles sein, sogar das Leid. Doch das hielt weder sie selbst noch ihre Umgebung aus. Zunehmend im tödlichen Dunst von Drogen und Alkohol, ein Sanatoriums-Entzug nach dem anderen, gegen Schluss sogar, in Amerika, Opfer der Zwangs-Psychiatrie. Ist dann 1942 bei einer Fahrradtour im Engadin über einen Stein gestürzt und in einem schweren Traumazustand dem Tod entgegengedämmert, mitunter sogar gekrochen. Keinen mehr erkannt. Entsetzlich. Man konnte, musste nachträglich Mitgefühl haben mit dieser Frau. Nun also dieses Buch. Was wohl aus ihr geworden wäre? Wenn man sich diese Frage überhaupt stellen darf, denn es gibt ja die Meinung, mit dem absoluten Ende der Entwicklungsmöglichkeiten, sprich mit dem Ableben, verbiete sich jede Was-wäre-wenn-Spekulation. Na ja, dazu gibt es tausend Erwägungen. Jedenfalls: Ich übersetzte mit Freuden, hoffte sogar, das Buch werde irgendwann auch bei uns herauskommen, mit dem Originaltext. Immer wieder sah ich mir Aufnahme dieser Annemarie Schwarzenbach an. Jedes Mal blickte sie ernst drein, gelöst, glücklich nie. Ein überschattetes Gesicht. Irgendjemand hat sie »Untröstlicher Engel« genannt. Das, finde ich, trifft es ziemlich genau.

Alles hat seine Zeit, heißt es doch im Alten Testament. Lag es wohl auch im Plan, dass ich gerade hier in Worpswede mit der Schwarzenbach-Übersetzung beauftragt wurde? Vogeler und die Schweizerin kannten sich nämlich, trafen sich in den Dreißigern abends auf dem Nachhauseweg in Moskau, wo gerade der berühmte Schriftstellerkongress stattfand. Und nach Russland war der rotfromme Maler ein paar Jahre vorher übergesiedelt. Beide tauschten ihre Eindrücke und Erfahrungen aus, und die müssen wohl sehr gegensätzlicher Art gewesen sein. Mich berührte es jedenfalls sehr, als ich an unerwarteter Stelle erfuhr, dass beide sich unter so spektakulären Umständen begegnet sind. Das Weltkind Annemarie und der sich an den Kommunismus klammernde Maler aus Worpswede. Dabei: Welcher Kommunismus hatte sich denn in den Jahren nach der Barkenhoff-Kommune herausgeschält? Einer, den Stalin sich zurechtgemeißelt, aus dem er eine Mördergrube gemacht hatte. Lenin, so Conz mal, mag seine Verdienste gehabt haben, seine Schuld war größer: Er hätte verhindern müssen, dass der Georgier Throninhaber wurde. Gewusst hat er schließlich, welcher Teufel in Stalin steckte. Habe mir mehr als einmal vorgestellt, ob die beiden damals im nächtlichen Moskau das Gespräch in dieser Richtung geführt haben, also Annemarie und der Maler. Der hatte Worpswede gegen Berlin eingetauscht, gewiss ein brodelndes Zentrum mit Geistern wie Erich Mühsam, aber doch nur Zwischenhalt vor der Endstation Russland. Vor der tragischen Endstation Russland. Also dieses ganze Kapitel, es hat Sören und mich wieder versöhnt mit unserer Leidenschaft,

Worpsweder Spuren nachzugehen. Worpswede, es hat eben etwas – viel!

Sören ohne Bart – das war schon ein Hammer gewesen, für mich durchaus. Der nächste traf uns beide, Sören und mich, und diesmal war's ein ungleich härterer.

Eigentlich kamen ja nur noch Hämmer.

Das heißt: Erst kam Silke.

Die ja aber auch schon ein Irrtum war, wenn ich übernommen hätte, welchen Status er sich auf einmal zubilligte, dabei sich aber auf eine längst gegebene Tatsache berief.

Ein Drama. Eine Tragödie.

Aufhorchen hätte ich schon können, als ich einmal ungeduldig vor dem Badezimmer rief: Du brauchst länger als eine Frau, und da von ihm die Antwort hinausdrang: Ich bin eine Frau. Das ganz locker. Dachte: einer seiner Scherze. Denn darin war er groß: Etwas Geflunkertes als absolut glaubwürdig zu verkünden.

Mein lieber Sören, hatte ich gelächelt.

Von seiner Seite ein Versuchsballon?

Anfangs war jedenfalls alles im Lot. Er schwängerte mich. Es ist so schön, wenn eine Frau geschwängert wird. Der Mann schwängert die Frau, seine Frau. Ich war seine Frau. Also schwängerte er mich.

Wunderbar. Archaisch.

Von Anfang an wünschte er sich ein Mädchen, eine Violetta. Zu ausgefallen, fand ich. Durch unsere bäuerliche Nachbarin wurde dann Silke aktuell. Deren Schwester hieß so, wir hatten sie einmal gesehen. Sehr nordisch, empfanden wir beide, genauer: schwedisch.

Hatte was, ihre Erscheinung. Und rasch war nun entschieden: Silke.

Wie schnell sie dann kam. Sören war (im Kreiskrankenhaus) anwesend. Männer sind ja immer doch nur anwesend, so sehr sie sich Mühe geben, uns beizustehen. Ehrlich gesagt, wäre mir lieber gewesen, er hätte zu Hause auf den Anruf gewartet. Doch ich mochte ihm seinen Wunsch nach Gegenwart nicht abschlagen. Und wenn eine Geburt schön sein kann, diese war's.

Unsere, sagte Sören. Die gemeinsam erlebte.

Silke sah man an, dass sie auf so schöne Weise das Licht der Welt erblickt hatte (im Grunde doch ein sehr, sehr treffender Ausdruck).

Natürlich wurde Birgit Taufpatin.

Außerdem Lydia (in der Kapelle allerdings mit Absätzen, die Sören in leise Panik versetzten: Wenn die umknickt, mit unserem Baby … Eine typisch männliche Angst).

Es war einfach ein wunderbarer Tag, der der Taufe, die Fortsetzung einer wunderbaren Geburt. Alles strahlte so einen Frieden aus (die Kapelle heißt übrigens »Maria Frieden«).

Ich glaube, jeder war glücklich. Auf seine Art.

Zum Schluss ging unsere Nachbarin rüber in ihr Niedersachsenhaus (früher standen auch die Kühe da drin) und kam mit einem Aufgesetzten zurück. Himmel, ging das bei uns allen rein, nein, nicht bei Frau Hollein. Jedenfalls war ihr nichts anzumerken. Souverän wie eine Königin.

Ganz zum Schluss nur noch die beiden Taufpa-

tinnen sowie Sören und ich – die andern waren schon
aufgebrochen, auch unsere Eltern, die sich per Taxi
zur Übernachtung ins Haus im Schluh begaben. Birgit und Lydia (sie verstanden sich prächtig) standen
an der Wiege – sie war das Geschenk von Frau Hollein, in Worpswede angefertigt – und bestaunten das
Wunder. Sören sagte mir nachher im Bett, es habe für
ihn was Bewegendes, Rührendes, wenn Frauen sich
bei einem Baby versammeln. Auch solche, die selbst
nichts mit Kindern zu tun hätten, zeigten dann ein total inniges Verhalten, und das stimmt auch. Sie haben
alle einen gewissen Schimmer in den Augen. Noch
einmal haben wir auch die Wiege bestaunt, wirklich
ein Gedicht, ganz reizend bemalt mit Wolken- und
Mondgesichtern.

Birgit weilte eine Woche bei uns. Sonja hatte sie
diesmal nicht mitgebracht, doch blieb ihr unsere Idylle samt Cousinchen nicht vorenthalten. Frau Hollein
und die Frau vom Bauernhof (ihre Arme waren immer tiefbraun) nahmen den »Elf« herzlichst auf, für
sie das »Schweizerkind«. Von Silke ließ sich die Herrin
der Beeren und Obstbäume – ihr Aufgesetzter blieb
Legende – »Tanti« nennen, Frau Hollein wurde mit
keinem Namen belegt, sie und Silke sah man auch
selten gemeinsam (dabei hätte die Wiege doch ein
guter Anfang sein können). Die Woche, in der Birgit
bei uns war: herrlich. In gewisser Weise leistete sie,
was ich seinerzeit nach ihrer Entbindung in England
übernommen hatte, dennoch war ich natürlich in der
weit angenehmeren Lage, sorgte dafür, dass die Tage
für sie erholsam waren, sie sich in der ganz anderen
Umgebung entspannen konnte, die Anforderungen

in Luzern waren nämlich nicht ohne. Klar kam auch
manches zur Sprache, nicht immer Erfreuliches, zum
Beispiel die Sache mit Sörens exekutiertem Bart. Birgit war es sofort aufgefallen, hatte es aber nicht an-
sprechen wollen: Sicher würde es noch auf die Tages-
ordnung kommen, was dann der Fall war. Fast wäre
das veränderte Aussehen ja schon bei der Tauffeier
Gegenstand der Unterhaltung geworden, als nämlich
Sörens Mutter, sogar mit ausgestrecktem Zeigefinger,
sich anschickte, auf die Bart-Freiheit ihres Sohnes zu
verweisen, bin jedoch gleich dazwischengegangen,
wollte einfach nicht, dass die Harmonie des Tages
einen Flecken bekam. Birgit, als wir jetzt darüber
sprachen, reagierte ganz gelassen: Was sei so schlimm
daran? Ich habe einen Mann geheiratet, antwortete
ich trotzig. Und als Mann sei er nun für mich ge-
schmolzen? lächelte sie. Ich wollte sagen: Irgendwie
ja, aber da ich die Tage frei von Regenschauern halten
wollte, ließ ich die Angelegenheit auf sich beruhen,
maß, dachte ich, der Sache vielleicht wirklich zu viel
Bedeutung zu: Wenn Sören sich nun mal oben ohne
besser fühlte …

Lydia ließ sich an diesen Tagen übrigens immer wieder blicken, war dabei aber fast mehr an der Seite von
Birgit als an meiner.

Silkchen jedenfalls wuchs wonnig heran (mit Lydia
beinah als zweiter Mutter), wenn ich sie auch nur
kurz stillen konnte. Wir waren glückliche Eltern, Sören machte zudem Karriere, meine Schwarzenbach-
Übersetzung gefiel Verlag und Lesern (Sören: Nun
bist du auch in Spanien ein Name). Wünsche hat man

immer, aber damals machten sie sich rar, und wann kann man das schon mal sagen. Und der Raubbau an Sörens Oberlippe: keiner Erinnerung mehr wert. Spätabends freuten wir uns am Huh-huh eines Eulenvogels und an den hellen Signalen seines Vetters, die sich anhörten, als würde die Luft blitzschnell durchschnitten, wie mit der sausenden Sense.

War es nicht herrlich, mit derlei sich beschäftigen zu können?

Silke bekam von »Tanti« dann eine ganz eigene und wunderschöne Farbenlehre vermittelt, nach der eine Farbe stets mit einem persönlichen Umstand in Zusammenhang gebracht wird. Der unterm Gabentisch aufgestellte Schlitten (seit Anfang November – seit Jahren so nicht mehr geschehen – schneite es immer wieder) war demnach nicht nur blau, sondern weihnachtsblau, geburtstagsbraun der aus Anlass dieses Tages geschenkte Teddy, puppenrosa der Stuhl in ihrem Zimmer, als Huldigung an Sabine, ihre Lieblingspuppe (Silke war immer klassische Puppenmutter). Hat diese Zuordnung bis heute beibehalten, das Kind. Mich brachte »Tantis« Farbenlehre auf den Gedanken, eine Genealogie des Blau und des Gelb zu schreiben, fußend auf der Auffassung, dass Blau für das Männliche, Gelb für das Weibliche steht, was Sören sogleich in Begeisterung versetzte: Das bringe Geld ins Haus. (Antwort: Du Armer!) Sehr passend stieß ich damals auf die Überschrift: »Flötentöne sind immer blau«, war entzückt. Aber schon meine ersten Nachforschungen ließen mich resignieren, verwunderlich freilich nicht, weil ich mir ausgerechnet das weltallgroße China als Feld ausgesucht hatte. Allein beim ersten Durchgang stieß ich auf elf verschiedene Blautöne. Beim Gelb kamen kümmerliche zwei heraus: Dalian und Kaifeng. Nun ja, völlig anderer Kulturkreis, aber hatte ich der Farbenzuordnung zunächst völlig unbefangen gegenübergestanden, wurmte mich jetzt, dass den Männern eine nahezu ungerechte Zahl von Blauvariationen zugeschlagen wurde. Mussten sie sich, verdammt noch mal, denn immer und überall vordrängeln? Sich immer und überall bereichern, präzisierte Sören.

Wo er recht hatte, hatte er recht.

(Und ich habe mir gerade eine blaue Toilettentasche gekauft.)

Okay, dass der Schnauzer weggefräst: für mich ähnlich wie ein kahler Baum im Winter, man nimmt es hin. Außerdem: Er betrachtete es offensichtlich als eine Frage der Ästhetik. Hatten wir nicht auch bei der Einrichtung unserer Wohnung die Klingen gekreuzt? Weit schwerer dann die Gewöhnung an eine neue Leerstelle, neue Leerstellen. Mir fiel auf, diesmal im Bett, dass Achseln, Arme und Brust gänzlich frei von Behaarung, freilich zunächst keine Entdeckung, die mich schockierte, sondern erfreute: Meinte nämlich, an ihn geschmiegt und zärtlich, er werde Silke doch immer ähnlicher, sanft, wie seine Haut jetzt sei. Gestört hatte es mich allerdings bis dahin nie, dass meine Wange bei ihm auf Behaartes stieß, und auch sein angerautes Gesicht: no problem, männlich halt. Dass nun mir kein schwarzes Gewusel mehr begegnete, wie gesagt: schön erst, da nun auch Vater und Tochter sich angeglichen hatten, hautmäßig. Kann man so blind ein, so sehr naives Schaf? Man kann. Es musste mir erst dämmern, dass die Glätte eine weitere Abkehr bedeutete, wobei das Gesicht noch die bisherige Sandpapier-Struktur behalten hatte, also den vor der Rasur. Ich löste mich von ihm, jäh, schnellte geradezu in die Höhe: Wie ein geschorenes Lamm sehe er ja aus, was das denn zu bedeuten habe? Er, sich ebenfalls aufrichtend, ließ seine Erklärung los, dass er in Bremen einen Kosmetiksalon aufgesucht habe, in der Nähe des Hauptbahnhofs, sich dort per Laser einer Epilations-Kur unterzogen habe, auch (sich zu mir drehend) am Rücken, die Methode im Gesicht aber leider noch zu keinem Erfolg geführt habe, weshalb er da weiter hin müsse. Ich, nach der ersten Erregung: sprachlos. Er, nach etwa fünf Minuten: Also gefalle es mir nicht? Könne er sich doch denken, antwortete ich, nach der Erfahrung mit seinem Bart. Ja, jede Veränderung verursache Wirbel, doch irgendwann sei es vorbei, kehre Ruhe ein, wie sie ja bei uns auch eingetreten. Beugte sich zu mir, küsste mich.

Er hätte auch Porzellan küssen können.

Fahr doch nicht aus der Haut, bat er.

Ihn mit gestylten Augenbrauen, Wimpern und Nägeln zu erleben, war noch der Zukunft vorbehalten (dass die Lippentönung dazukam, lag in der fatalen Logik der Sache). Wollte nach der Vorstellung im Bett Birgit anrufen, am nächsten Tag, kam aber übers Wählen nicht hinaus. Bestimmt würde sie nur wieder glätten. Lydia indes weihte ich ein (war sie nicht längst Beinah-Freundin?). Sie kannte das Studio vom Namen her. War ja auch Frisiersalon. Habe mir kurz darauf den Laden am Herdentorstein-weg angesehen.

Hier also … Dass Männer zunehmend einen Kosmetiksalon aufsuchen, musste mir natürlich nicht erst Lydia verklickern. Doch meine Ansicht war und ist: Mann sollte Mann, Frau sollte Frau bleiben. Und ich verliere meinen Mann allmählich, sagte ich, meinen Mann.

Verstehe, sagte Lydia. Auch sie habe Männer am liebsten als Männer. Es blieb jedoch alles im Vagen. Bei Sören und mir blieb es fast nicht mal im Vagen, ich verdrängte einfach, war mit aller Gewalt darauf bedacht, dass Alltag und Heranwachsen von Silke in ungestörten Bahnen ablief.

Einen Stolperstein gab es, als bei mir der Wunsch nach einem zweiten Kind an die Oberfläche trieb, Sören indes nicht nur zögerte, sondern sich regelrecht wehrte. Überfordert fühle er sich, führte er ins Feld, und als ich um Aufklärung bat, wich er aus. Wo und wie hätte er sich überfordert fühlen können? Wenn die Voraussetzungen für Kinder gegeben waren, dann doch bei uns. Allein, dass ich den Tag völlig frei gestalten konnte, zeitmäßig. Aber Männer können ja so stur sein, und in dieser Beziehung war er nun wirklich Mann, leider. Ich glaubte auch keine Sekunde an das Argument der Überforderung, es musste etwas anderes dahinterstecken. Diese Elke etwa?

Sie lud sich doch wahrhaftig selbst ein, stand an einem Sonntagnachmittag vor der Tür, dazu in Motorradkluft und mit Helm unterm Arm: Hallo, Elke Voegeding, Sörens Kollegin. Ich, eigentlich sprachlos: Bitte, kommen Sie herein (Sören versicherte später, sie mit keinem Wort zu diesem Besuch – er sagte nicht

Überfall – animiert zu haben). Diese Frau war es auch, die ihn an diesem Nachmittag auf seine extrem glatten Arme ansprach: Wie sie doch schimmerten. Konnte es nicht lassen, zu bemerken: Was, das fällt Ihnen erst heute auf? Aber von welcher Kombination sie denn eigentlich rede? Von Seide und der Kraft von Kirschblüten, vernahm ich, was in der Montur der Motorradbraut etwas fremd klang. Außerdem fördere es die Gen-Aktivität. Bei »Gen« zuckte ich zusammen, Sören könnte da eine Frage stellen, konnte ja nie genug haben, trotz seiner sogenannten Kur. Produkt für Frauen, erläuterte unsere Besucherin, ohne dass Sören sich erkundigt hatte, und – mit Blick zu mir – sehr zu empfehlen. Und dann bezog sie Sören von selbst mit ein: Wäre ein Geschenk für Ihre Frau. Erste Pause. Mir wurde bewusst, dass das ganze Thema Enthaarung bzw. Epilation kein Gesprächsgegenstand zwischen Sören und mir mehr war, ja auch sein Gesicht inzwischen wie abgeschabt. Die Dame fing aber wieder davon an, sprach, erstaunt-bewundernd, von Sörens Kiesel-Armen. Das Gesicht blieb außen vor, sein Zustand für sie wohl Ergebnis seiner Rasur. Völlig unnötig begann ich mich über die weltweit grassierende Enthaarungs-Manie zu mokieren – ich lag ja selbst im Trend, betrachtete jeden Morgen meine Beine schärfer als ein Specht den Baumstamm, und Sören würde seine Achseln hoffentlich nicht zeigen. Unsere Besucherin wusste von einem Foto, das Sophia Loren noch mit behaarten Achseln zeigte, was bestimmt nicht als Minderung ihres Appeals empfunden worden sei, da sei ich bestimmt der gleichen Ansicht? Ich schüttelte einfach den Kopf. Mein Gegenüber mochte

nicht vom Thema lassen, knüpfte an bei mir: Jedes
noch so schwindsüchtige Härchen bei der Wurzel zu
packen, selbst an den – ja, sie sagte es: selbst an den
intimsten Stellen – dies jedoch menschlicher Hybris
zuzuschreiben: unangemessen, übertrieben. Das mit
den ach so armen schwindsüchtigen Härchen war
witzig formuliert, zugegeben. Wir kamen, wie meine Mutter gesagt hätte, von Hölzchen auf Stöckchen,
schließlich auch auf Ingeborg Bachmann beim Kar-
toffelschälen in ihrer römischen Küche, wie ebenfalls
ein Foto zeigte. Eine Frau eben, meinte Sören, klebte
aber sofort mit Uhu an: Bitte, jetzt keine Diskussion
darüber. An was er genau dachte, ließ er aus, sicher an
die unzeitgemäße Verbindung von Frau und Küche.
Doch damals, zu Zeiten der Dichterin, war es noch
nicht üblich, das Kartoffelnschälen durch ein weibliches Wesen als unwürdigen Akt zu empfinden, als
Entehrung.

Dass sie selbst sich zu uns eingeladen hatte, dies zu
erklären, schien der Dame Voegeding überflüssig. Sie
war einfach da, fertig. Hatte insofern die richtige Zeit
erwischt, als Silke, mal wieder, drüben bei »Tanti« sich
aufhielt, wir hatten also die Terrasse für uns. Ich taute
eine Kuchenhälfte auf, machte Kaffee. Im großen und
ganzen benahm die Elke sich okay, erzählte viel, ohne
zu schwatzen. Etwas heikel wurde es, als sie von ihrer
Herkunft sprach und erwähnte, dass sie eigentlich un-
erwünscht gewesen sei. Ich wagte erst gar nicht, Sören
anzublicken. Mein Kinderwunsch und seine Abwehr.
War sie vielleicht darin begründet, dass er eine Liaison
mit dieser Elke anstrebte und da hinein ein zweites
Kind nicht passte – ein Benedikt etwa, ein John (diese

Namen hatte ich mir schon ausgesucht). Ein zweites Kind hätte jedoch auch als Beleg für eine nach wie vor bestehende Verbundenheit zwischen ihm und mir gegolten, und diese Zusammengehörigkeit empfand er womöglich nicht mehr … Andererseits: Eine zweite Prinzessin oder ein Benedikt (Benny) hätten ihn davor bewahren können, in Verdacht zu geraten, in den Verdacht der Untreue – wo ein Kind, da doch auch Liebe. Ja, denken kann man viel, und Gedanken flackerten viele in mir, da auf der Terrasse, beim Kuchenessen und Kaffeetrinken, klare und gewundene, gewundene und klare. Auge in Auge mit der Schlange namens Elke. Nicht im Traum hätte ich geahnt, dass sie einmal einen dominierenden Platz bei uns einnehmen würde.

An jenem Nachmittag, draußen im Sonnenlicht, kam sie mit Gott und der Welt, auch mit Inzest. Als hätte sie gewusst, damit bei Sören landen zu können. Anders als bei mir hatte Geschwisterliebe für ihn einen hohen Reiz, er hielt sie für die innigste Form der Liebe überhaupt, worin ich Normalmensch ihm nicht folgen konnte und wollte, was ich zwar nicht äußerte, aber durch meine Miene zu erkennen gab. Ließ die beiden sich in dem Thema aalen. Konnte aber schließlich doch nicht umhin, mir die Sache auf den Schirm zu holen, indem ich die weit verbreitete Inzest-Abscheu bestens begründet fand, nämlich in einem nahezu genetisch verankerten allgemeinen Volksempfinden (ungutes Wort, klar, aber hier passte es mal). Die Lady indes wusste und setzte dagegen: Ein universelles Inzest-Tabu existiere nun gar nicht. Sören registrierte es höchst zufrieden, natürlich. Die

Lady weiter: Dürften Recht und Justiz sich anmaßen, eine äußerst fragwürdige Vorstellung durch Verbot und Strafbarkeit zu schützen? Na ja.

Unangenehm war dann, dass sie auf meine Übersetzer-Tätigkeit zu sprechen kam, ergeht es mir doch wie vielen Kollegen und Autoren: Ich rede nicht gern von meiner Arbeit. Bin ja aber höflich, sagte, was sie hören wollte, und Gottseidank landeten wir schnell bei Büchern allgemein, da aber wiederum bei dem falschen, nämlich bei »Küsse und Schläge«, ausgerechnet. Ich wurde sozusagen innerlich rot, schaffte es jedoch, die Unterhaltung zur Person der Autorin zu lenken, zu Jenny Diski, ihrer Kindheit und Jugend: Eltern der widerlichsten Sorte, die ihre Tochter bis zur Bewusstlosigkeit prügelten, sich an ihrem Intimbereich vergingen und was sonst noch anstellten, einfach schrecklich alles. Kein Wunder, dass die zukünftige Schriftstellerin seelisch in Abgründe sackte, Suizidversuche unternahm, mehrfach in der Psychiatrie landete. Die Pause, die wieder entstand, beendete unser Besuch mit einem mehr für sich hingemurmelten »Dass sie sich aber zum Schluss doch noch gerächt hat –« Nun, sie meinte natürlich die Rachel des Romans. »Alles andere wäre furchtbar gewesen«, sagte ich. Ganz in Reichweite lag ja eine anderes Kultbuch, eigentlich das berühmteste: »Die Geschichte der O«, und einmal in dieser Bucht gelandet, war das Gespräch darüber nicht zu vermeiden. Ein Buch jedoch ohne Rache, im Gegenteil. Konnte mich zum Glück erneut zur Autorin retten, zu Dominique Aury, wie ja ihr wirklicher Name, hatte sogar das lange Interview gelesen, mit dem die Scheue schließlich doch mal aus dem geheimnisvollen Schatten um ihre Person getreten war, und da zeigte sie ja nicht die geringste Scheu, bekannte zum Beispiel, dass sie am liebsten Prostituierte geworden wäre. Na, wenn das kein Thema war. Es rieselt mir aber noch heute über den Rücken, wenn ich daran denke, auf welch heiklem Terrain ich mich damals bewegte, redete ich doch bei unserem Sonntagnachmittag-Talk von Dingen, die die meinen waren, gewesen waren. Nur gut, dass alles im halbwegs Philosophischen endete, bei meiner These, dass nichts aus heiterem Himmel passiert. Elke stimmte mir zu, lebhaft, fasste es in der atemberaubenden Feststellung zusammen: Kein Mord geschieht plötzlich.

Aber wieso kam sie gerade auf Mord?

Endlich verknatterte sich das späte Girlie.

Puh.

(Sören, als er in Rotenburg lag, habe ich – es war immerhin ein Krankenbesuch – noch einen anderen heißen Titel mitgebracht, auch von einer Engländerin, Helen Walsh. »Millie« hieß der Roman, handelte von einem Mädchen, das in den roten Vierteln zuhause ist. Er wird ihn verschlungen haben. Wie edel ich doch selbst da noch sein konnte.)

Die Adresse am Bremer Bahnhof – sie hatte für mich einen seltsamen Glanz. Hier also war Sörens Wunderstätte, in der er sich Schritt für Schritt sein neues Kostüm anpassen ließ (denn das war es, ein Kostüm, nichts anderes). Ob ich selbst mal das unheimliche Reich betreten sollte? Es war ja auch Frisiersalon. Langes, langes Zögern. Doch irgendwann stieß ich sie auf, die Tür zu dem lila gerahmten Laden. Und kam wie wieder hinaus? Zufrieden, hochzufrieden.

Besser hatte ich meine Haare nie erlebt. Aber natürlich ging es mir um etwas ganz anderes, um Sörens Tausendundeine Nacht. Die entsprechenden Akte geschahen eine Treppe tiefer, wie ich von einer der beiden jungen Frauen erfuhr. Hatte mich natürlich nicht zu erkennen gegeben. War dann jedoch äußerst erregt bei der Vorstellung, was dort unten sich ereignen könnte – bei mir. Wenn nämlich ich die Treppe dort hinunterginge, wie andere Frauen, freiwillig oder dazu angehalten. Sah mich schon vor dem Spiegel stehen, meine untere Landschaft betrachtend, was dann zuhause geschah. Meine Erregung war so groß, dass ich Mühe hatte, mit dem Auto nach Hause zu kommen (den Studio-Prospekt mit allen Leistungen und Preisen in der Handtasche). Sören war, ganz ungewöhnlich, schon da. Ich ging ins Schlafzimmer, griff mir einen frischen Slip, wechselte ins Bad.

Ich war klitschnass unten.

(So fühlte es sich jedenfalls an.)

Sören sparte dann nicht mit Lob: Was für ein toller Schnitt, Gratulation, Gratulation. Beinah hätte ich noch verraten, wo mir dieses seltene Glück zuteil geworden war. Gott sei Dank hakte er nicht nach, dachte wohl, ich sei wie gewohnt in meinem Salon im Ort gewesen. Aber dass ich diesmal selbst so zufrieden sei – er konnte es kaum glauben, und nach allem, was er so im Lauf der Jahre in dieser Beziehung miterlebt hatte, konnte er es tatsächlich nicht. Seitdem begab ich mich nur noch ins Bremer Reich. Die beiden Frauen dort: super. Mit türkischen Wurzeln. Jedes Mal wieder ein Genuss, der Aufenthalt bei ihnen. Dass Sören in den Räumen gleichfalls kein Unbekannter, behielt ich, versteht sich, weiter für mich. Seine Kosmetika, die er im Bad auf und in seinem weißen Schränkchen lagerte, stammten ebenfalls vom Herdentorsteinweg. Ich selbst bin bei meinen Cremes geblieben, obwohl man im Bremer Salon mich immer wieder wissen ließ, die Haremsaugen zu mir aufgeschlagen, man habe da hervorragende Angebote. Männer ließen sich bei ihnen ja ebenfalls in Form bringen. Ein höchst angenehmer Umgangston dort. Fast immer kannte man sich. Ein wenig zusammengezuckt bin ich, es war bei meinem ersten Besuch, als ein Mann mit Andrea angesprochen wurde. Und es war ein Mann, obwohl er in der Kleidung deutlich eine feminine Note erkennen ließ. Ich würde sagen, ich erhielt einen Vorgeschmack. Schon seltsam, dass da ein Mann als Frau durchging. Und wie selbstverständlich. Doch auch bei uns war es ja seltsam. Etwas lag in der Luft, etwas, das mich zunehmend beengte, bedrängte. Schon lange ja, aber nun, wie soll ich sagen, noch auf einer anderen Ebene. Scheußlich. Birgit merkte am Telefon, dass ein Nebel bei uns waberte, keiner von der Worpsweder Sorte. Und Lydia spürte es erst recht. Aber alles eben nur wie unter einem Schleier, nichts wurde gesagt, das Unheil war verborgen wie ein Schwelbrand.

Einmal, todesmutig, setzte ich die Pille ab, wollte es darauf ankommen lassen. Ließ es sogar mehrere Monate treiben. Als ob ich es einem Gottesurteil überließe. Wenn Gott das Sagen hatte, so sagte er jedenfalls Nein. Keine Schwangerschaft. Dass Sören sich noch mit mir einließ: mir zuliebe, das merkte ich. Andern gegenüber tat er, als sei alles wie sonst, besser noch. Wurde da manchmal an Paare erinnert, die in einer

Krise steckten, aber mit einem gewagten Projekt, etwa einem Hausbau, engste Zusammengehörigkeit demonstrierten, sich in Wahrheit aber auf abschüssiger Bahn befanden.

Schreckliche Zeit.

Wenn Silke auch kein Geschwisterchen bekam, so war sie doch nicht isoliert von anderen Kindern. An unserer Straße wuchsen mehrere ihres Alters auf, auch Jungen. Außerdem, beinah noch wichtiger, ging sie (wurde vielmehr von uns gebracht) ins »Kinderhaus«, eine im Gefolge der Achtundsechziger gegründete Alternative zum üblichen Kindergarten, den es natürlich auch gab. Der Achtundsechziger-Geist war insofern nicht gewichen, als hier die Eltern nach wie vor lebhaft diskutierten, zwar nicht mehr über antiautoritäre Erziehung, aber über Erziehung überhaupt und so fürs Kinderhaus die pädagogischen Weichen stellten. Die Eltern finanzierten das Ganze auch. Geblieben von den radikalen Tagen war der sogenannte Kuschelraum, bei den Kids – stets so um die 25, 30 – höchst beliebt. Sören hat sich nur selten am aktiven Ablauf beteiligt, nur beim alljährlichen Kinderhaus-Fest und beim Fasching übernahm er Aufgaben, vor allem beim Fest in der Sandkuhle bei Vollersode, ein paar Kilometer weg von hier. Immer ein bisschen wie Mitsommer aufgezogen und sehr, sehr schön. Am Nachmittag fuhr der ganze Verein (und ein eingetragener Verein waren wir wirklich) in einer geschmückten Wagenkolonne ab dem Kinderhaus Richtung Sandkuhle, wo eine Vorhut schon etliches vorbereitet hatte. Das mit der Heimfahrt war natürlich stets so eine Sache, weil Wein und Bier, versteht sich, nicht zu knapp beim

sandigen Treiben genossen wurden. Eine Verkehrs-
kontrolle, wäre sie geschehen: Man durfte nicht dran
denken. Man dachte auch gar nicht daran, irgendwie
schien es ausgeschlossen, dass die Polizei dem höchst
populären Fest (das Lokalblatt schickte auch jedes Mal
einen Fotografen) so Missliches wie Kontrolle zumu-
ten würde. Der einzige Abend auch, wo das Ins-Bett-
Gehen kein Thema, Silke alles mit hängenden Flügeln
über sich ergehen ließ. Kein Murmeltier konnte tiefer
schlafen. Wir Eltern trafen uns später am Abend noch
einmal, ließen den Tag, den so herrlichen, angenehm
erschöpft ausklingen. Manche Diskussion vom Nachmittag wurde da noch milde fortgesetzt, denn disku-
tiert wurde ständig. Persönlich standen die meisten
sich ziemlich nah, so dass private Dinge schnell die
Runde machten, Affären etwa, Techtelmechtel (von
letzteren gab es so viele wie Fähnchen auf dem Som-
merfest). Und irgendwann war die Reihe eben an mir,
eigentlich ohne dass ich deswegen mich zermarterte.
Außerdem: Sören und Elke, deren mögliche … War
es denn ausgeschlossen?

Angefangen hat es draußen an der Hamme, unser
Moor-, Bade-, Boot- und Schlittschuhfluss, ohne sie
ist Worpswede gar nicht vorstellbar. Für mich seitdem
auch eine Art Schicksalsfluss. »Seitdem« begann dö-
sig, das heißt, ich chillte so vor mich hin (wie sehr ich
doch schon in Silke-Begriffen denke und rede), das
Kind natürlich immer im Blick. Und dann auf einmal
bei Peter auf der Couch, in seiner Kanzlei, während
im Vorzimmer vor der gepolsterten Tür das rote Licht
blinkte, wegen der beiden Anwaltsgehilfinnen, damit

keine von ihnen eintrat, unsinnig eigentlich, denn unter ihren Augen war ich ja zu ihm rein. Kitzel für sie, Kitzel für mich. An der Hamme war ihm mein BH aufgefallen (farblich seinerzeit noch ein absoluter Vorläufer), und in der Tat trug ich an jenem Mittwochnachmittag ihn, meinen damals auffallendsten und leichtsinnigerweise ein paar Minuten sichtbar, für ihn ein Signal, mich anzusteuern: Hallo, Königin von den Himmeln, wie ist das Befinden? Geschraubt, aber unangenehm auch nicht, ich fand sie ganz ansprechend, diese Anrede mit Bezug auf meinen Namen Regina. Gesehen hatten wir uns bereits am Vorabend beim Elterntreff, ohne da allerdings ein Wort zu wechseln. Doch unter meiner weißen Leinenbluse muss es schon gefunkt haben, mit Weiterleitung zu meinen Augen, und es wird bei ihm angekommen sein, da bin ich sicher, gesprochen darüber haben wir nie.

Am nächsten Nachmittag also die beiden Pink-Hügel, meine, Silke mit Eimerchen und Schaufel ein paar Schritte entfernt. Auch sonst wenig los, viel Freiraum um uns. Angstfrei jedenfalls schon der Beginn an der Hamme, obgleich man uns gesehen haben muss, so leer war es nun auch wieder nicht, na und? Die nächsten Tage aber nicht am Fluss, auch nicht über die Wälder, die waren ohnehin nicht da, sondern zwischen Kornblumen und Mohn. Und ich hörte, was ich nie von mir gehört hatte: Gewinsel. Mit der Folge, wie ich sie schon an jenem lange zurückliegenden Abend bei Lydia gesehen hatte, die jedoch Sören bei mir nicht zu sehen bekam, dafür sorgte ich, wie er ja überhaupt nichts mitkriegte. Mir völlig unverständlich, aber so war es, wie es ja auch eines Tages, nach etlichen Stunden auf der Couch in Peters Kanzlei, mit leisem, unterdrückten Wimmern zumeist, damit nichts nach draußen drang, Gefahr, auch wenn die Tür gepolstert, bestand vielleicht doch, wie es da ebenfalls plötzlich war, ohne irgendwelche Umrankung, ein nackter, purer Zustand, nämlich der des Aus und Vorbei. Ja, Ende der Vorstellung, ich konnte wieder auf Strümpfe verzichten, ohne die hatte er mich nämlich nie haben wollen, was mir einerseits gefiel, weil ich Strümpfe ja mag, aber bei der Hitze war's doch ziemlich lästig, auch nach Bremen fuhren wir nicht mehr, und ich musste nicht weiter Maßnahmen treffen, um Sören aus allem rauszuhalten. Ein Taifun, erloschen, als wenn man ein Licht ausgeknipst hätte. Sören, der unbegreiflich Ahnungslose (oder ahnte er doch?), mochte Peter übrigens, manchmal saßen sie zusammen im »Worpsweder Bahnhof«, Männer brauchten wohl so etwas. Und Mann sollte Sören ja sein.

So die Geschichte mit Peter. Als es noch lief, aber mehr noch danach bin ich mit einem neuen Gefühl durch Worpswede gefahren, ich meine geradelt: mit dem Gefühl, verfügbar zu sein. Ja, so verhielt es sich bei mir, manches muss man eben wirklich selbst erfahren, am eigenen Leib. (Später las ich, wie stolz einst die Vicomtesse de Noailles sich fühlte, weil sie Urenkelin des Marquis de Sade, ganz Paris wusste, wie erregt sie deshalb in den Salons sich bewegte).

Dann aber schlug der Blitz ein, einer der ganz anderen Art, und das Leben änderte sich. Dabei hatten wir noch am Vorabend ewig am Telefon gesprochen.

Von Peter wusste sie längst (Lydia ebenfalls). Am liebsten, sagte sie, würde sie mit oder bei uns wohnen, in Worpswede. Die Schweiz sei nicht ihr Himmelreich, so wohl sie sich dort fühle. Sonja und Silke könnten dann doch auch neben- beziehungsweise miteinander aufwachsen. Für Sören schwärmte sie offen, vielmehr: Sie ging freizügig mit ihm um, was mich nicht störte, ja auch früher schon nicht, aber inzwischen hatte es eine zusätzliche Intensität erreicht, wir waren jetzt – bei aller räumlichen Distanz – wirklich Family, hätten zu Dritt im Bett liegen können, ich sage: können, denn so weit ist es nicht gekommen. Doch mit ihr wäre alles einfacher gewesen, das Drama mit und durch Sören, keine Lösung vielleicht, doch Auflösung.

Eines Tages stieß ich in seinem Arbeitszimmer auf eine alte »Bild«, wo sehr groß über die Rektorin einer Fachhochschule in Baden-Württemberg berichtet wurde, und zwar deshalb, weil sie dort vorher Rektor gewesen war. Es hatte eine Kette von Konferenzen gegeben mit dem Ergebnis, dass sie oder er im Amt bleiben durfte. Natürlich, im Prinzip gut, fand es aber trotzdem pervers irgendwie. All diese Abseitigkeiten, Inzest oder wie hier in Baden-Württemberg, wo einer sich ummodeln ließ – für mich nun mal abstoßend. Allein später das Wort »transsexuell«. Mir ebenso verhasst wie »intersexuell«, die Bezeichnung für einen Zustand dazwischen, zwischen Mann und Frau. Sören: Aber diese Menschen gebe es nun einmal. Antwort meinerseits: Das wisse ich auch, aber ich müsse sie ja nicht lieben. Er: Also liebe ich ihn nicht. Nicht sein aufgesetztes neues Ich, sagte ich. Das, so wiederum er, sei nicht aufgesetzt, sondern durchgebrochen, endlich. Ich sei für klare Linien, sagte ich. Transsexuell, intersexuell, lesbisch, Inzest – alles vermurkst, Trübung, Unordnung. Genau: aus der Ordnung gefallene Missbildungen. Er: Euthanasie, kehre zurück. Sei nicht albern, sagte ich. Wie gesagt, später. Hatte mich schon bei der Schweizerin gestört, dieser Schwarzenbach, ihr Herumgetue mit Frauen. Hätte, wie ihre ja ebenfalls einschlägig veranlagte Mutter, einen verständnisvollen Mann heiraten können und müssen, einen, der tolerierte, liebend tolerierte, dass seine Frau am anderen Ufer. Da war sie nun mal, eindeutig. Noch eindeutiger allerdings ihr Hunger nach dem Absoluten. Ich schwankte so zwischen Ab- und Zuneigung. Was sie wohl zu Sörens Sprung gesagt hätte, die Annemarie Schwarzenbach. Ja, was wohl (inzwischen ist in der Schweiz ein Intercity nach ihr benannt). Birgit, habe ich das sichere Gefühl, hätte es gerichtet, hundertpro. Den Zug hätte sie kaum stoppen können, doch es wäre auch für mich lebbar geworden, irgendwie.

Doch das Schicksal oder wer auch immer wollte nicht. Wir bekamen im Fernsehen mit, was mit der Maschine über Griechenland passiert war, hatten aber nicht den geringsten Grund zu Befürchtungen, nicht mehr. Jedes Mal, wenn es in der Luft ein Unglück gab, dachte ich: Wie gut, dass Birgit ausgestiegen ist. So auch diesmal. Wie hätten wir vermuten können, dass sie sich in diesem Flugzeug befand? Warum sie es bestiegen hatte: bis heute ein Rätsel. Alles ergibt keinen Sinn, ihr Tod am wenigsten. Ihre Umgebung wusste zwar, dass sie eine Reise machen wollte, aber

Näheres hatte sie nicht mitgeteilt. Sonja war zu der Zeit schon länger im Tessin, in einer kirchlichen Einrichtung, die Kinder mit problematischen Hintergrund betreute. Wie ich erfuhr, hatte Birgit plötzlich das Gefühl gehabt, Sonja müsse mit ihrer Herkunft ins Reine kommen. Mir hatte sie davon keinen Ton gesagt. Ich selbst hatte mir schon Gedanken gemacht, wie man mit dem Problem umgehen sollte, hatte mich jedoch gescheut, das bei Birgit zu Sprache zu bringen, blöderweise. Jedenfalls: Birgit war in der Maschine, stürzte folglich mit ab, war tot wie 47 Mitpassagiere.

Wir holten Sonja auf der Stelle zu uns, auf der Stelle aber begann auch der Krieg mit Sörens Eltern, der totale. Erst, als Birgit das Kind zur Welt gebracht, ihr spießbürgerlicher Rückzug, jetzt operierten sie mit Liebe und Verantwortung für die Enkelin. Und der Sieg fiel ihnen zu. Lydia schluchzte mit mir, kümmerte sich noch intensiver um Silke. Diese Fürsorge ist geblieben, auch als unser Verhältnis taute. Was Sonja betraf, habe ich versucht, den Stacheldraht durchlässiger zu machen, der von Birgits und Sörens Eltern errichtet worden war – oder hindurchzuschlüpfen. Aber Sonja mal nach Worpswede: Wo denken Sie hin? Ich gelegentlich zu ihr, besuchsweise? Abgelehnt wie ein Gnadengesuch, Berufung nicht zugelassen. Also schreibe, schicke ich. Ob sie die Briefe abfangen, die Hyänen?

Mit der Nachricht bin ich erst zu unserer Vermieterin, anschließend zum Bauernhaus gegangen. Frau Hollein saß, nachdem sie mich reingelassen hatte, vor ihrem Glas und wieder vor zwei Flaschen, trank dann aber, als ich es ihr gesagt hatte, keinen Schluck mehr, keinen. Ich selbst schüttete, weil auf dem Tisch nach der Nachricht auch ein zweites Glas stand, mir bis gut zur Hälfte ein, leerte es auf einmal. Schließlich trat sie auf mich zu, zog mich hoch und umarmte mich. Lange. Die ganze Zeit aber von ihr kein Wort, also nach meiner Mitteilung.

In dieser Zeit lernten wir endlich ihren Mann kennen. Sören kam mit ihm sogar ins längere Gespräch, erfuhr, dass der Physiklehrer an einem Buch über den angeblichen Vater der Urknall-Theorie schrieb, einen mir und auch Sören bis dahin absolut unbekannten Belgier namens Georges Lemaître. Ein Umstand erregte in diesem Zusammenhang Sörens besonderes Interesse, nämlich der, dass das Forscher-Genie gleichzeitig katholischer Priester war. Was sich so alles hinter einer Soutane verbergen konnte. Einmal auf die Fährte gesetzt, stöberte Sören im Internet noch nach anderen Exemplaren dieser Art, wurde auch fündig, sogar mit der denkbar skurrilsten Gestalt: ein Priester ohne Soutane, dafür in Frauenkleidung, Name: Abbé de Choisy, um 1700 aristokratischer Kleriker. Trotz seiner spektakulären, allgemein als skandalös empfundenen Erscheinung setzte er Himmel und Hölle in Bewegung, um in Amt und Würden bleiben zu können. Hätte es damals schon die Bild-Zeitung gegeben … Mit geradezu leuchtenden Augen erzählte mir Sören von der Geschichte: Was für ein Mut! Ich: Was für ein Irrsinn. Dass der Mann von Frau Hollein an einer Biographie saß, verlieh Sörens Plan, ein Buch über Kierkegaard und dessen quälender Lovestory mit Regine zu schreiben, vorübergehend Auftrieb.

Frau Hollein also umarmte mich nach der Todesnachricht, die andere Nachbarin, die im Bauernhaus, holte wieder ihren Aufgesetzten (ihr Mann war ein weiteres Mal im Krankenhaus »Links der Weser« in Bremen). Ich kippte etliche davon, obwohl mir schon das halbe Glas Rotwein bei Frau Hollein das Hirn vernebelt hatte. Unter dem, was ich so im Lauf der anderthalb Stunden zu hören bekam, war auch die als Stärkung gemeinte Aufforderung, nun erst recht das Glück zu genießen, gemeinsam mit meinem Mann alt werden zu dürfen (dabei war doch keineswegs sicher, ob das der Fall sein würde, und überhaupt: Jetzt schon vom Alter zu reden …). Ein richtiges Glück freilich doch nicht, schränkte sie unerwartet ein, denn: Was wisse der Mann von der Frau? Nichts – wir blieben allein, letztlich. Und überhaupt, am Sterben sei man ja dauernd, zumindest am Absterben. Dann noch der Seufzer: Wenn sie am Schluss doch wenigstens neben ihrer Schwester gesessen, ihr die Hand gehalten hätte. Zu spät bemerkte sie den Lapsus, denn wäre ich mit Birgit in der Maschine gewesen, hätte der Absturz ja auch mich betroffen. Meine Bauersfrau wurde erst rot, dann blass, totenblass geradezu, so dass nun ich sie trösten musste und meine Hand auf ihren tiefgebräunten Arm legte. Während sie dort lag, rumorte es in mir, war es mir doch gar nicht recht gewesen, dass vorher vom Alter und Sterben die Rede gewesen war. Mein quasi geburtsmäßig angelegter Schmerz, dass das Dasein begrenzt, damit konnte und kann ich mich nicht abfinden. Daran ändert auch die Ansicht mancher Philosophen nichts, dem Menschen müsse diese Grenze vor Augen stehen, da er sonst seine

Existenzverwirklichung versäume, ohne die Unerbitt-
lichkeit des Endes werde niemand angespornt, sein
Leben sinnvoll auszufüllen. Wer ewig Zeit hätte, hätte nichts, am wenigsten Leben. Das mein Gedanken-
wildbach, während meine (inzwischen ebenfalls brau-
ne) Hand auf ihrem Arm lag. Schwankte heimwärts,
wo Sören, der natürlich sofort informierte, starr wie
ein Eiszapfen an einem Türpfosten lehnte, eben mit
gefrorener Trauer. Lydia, zum Glück, war anwesend,
nahm uns Silke ab.

Der Versuch, Sonjas Zukunft bei uns zu verankern,
riss uns aus dem bodenlosen Loch, wir rasten gen
Gotthard, Sörens Eltern aber ebenfalls, es wurde ein
Hauen und Stechen, leider ja nicht mit unserem End-
sieg (gestatte mir, ausnahmsweise, den Ausdruck).
Ein Etappensieg war, dass Silke tatsächlich erst mit
uns nach Worpswede fahren, hier, so weit möglich,
aufgebaut werden konnte (wir suchten mit ihr auch
eine Psychologin in Bremen auf). Schrecklich der
erzwungene Abschied, er kroch heran wie ein Reptil,
wir brachten das Kind nach Hildesheim, hatten den
Hyänen das Abholen verweigert, das einzige Mal, dass
wir ihnen etwas verweigern konnten. Bin nie wieder
in Hildesheim gewesen, wünsche dem verdammten
Paar nur deshalb nicht alles Schlechte, weil das ungute Auswirkungen für Sonja haben könnte.

Untergegangen war bei unserer kurzen Anwesenheit
in Bellinzona der Anlass von Sonjas dortigem Aufenthalt, therapeutischer Natur war er ja gewesen und insgesamt doch recht lang. Von Sonja, als sie die kurze
Zeit bei uns war, erfuhren wir lediglich, dass sie gern
dort gewesen sei, sie sprach sogar fließend Italienisch.

Wir sind aber noch mal hingefahren, man hatte uns
vorgeschlagen, die notwendige Aussprache nachzuho-
len, was wir sehr gut fanden, und sie erfolgte auch.
Eine wirklich sehr fundierte Aufklärung, wir waren
beeindruckt. Daran angeschlossen haben wir Ferien,
jene, die wir im allersüdlichsten Tessin verbracht haben, im Mendrisiotto. Birgit, die sich viel mit dem
Land befasst hatte, hatte uns von einem Ort dort berichtet, der mit einem ebenso historischen wie schaurigen Schauplatz aufwarten konnte: Castel S. Pietro.
In der Kirche dieser Gemeinde kamen im Jahre 1390,
ausgerechnet während einer weihnachtlichen Zusam-
menkunft, mehr als 100 Gläubige um, und zwar wurden sie Opfer eines mörderischen, eines familiären
Racheakts. Das Gotteshaus erhielt denn auch einen
blutroten Anstrich, heißt treffend »Chiesa rossa«.

Als Birgit davon erzählte, hatte Sören gleich Feuer
gefangen: Da müssen wir hin. Also steuerten wir nach
unserem Gespräch in Bellinzona den Ort des Gemet-
zels an. An sich ein schöner Tag, doch wurden wir
vom Schaurigen angeweht. Plötzlich auch ein kühler
Wind, böse plapperten Palmen. Die Berge, bei der
Ankunft eher weich, wirkten auf einmal unheilvoll
gezackt und die Zypressen ragten als schwarze Mahn-
male. Nur weg, sagte ich, Also flüchteten wir, ohne zu
wissen wohin, hielten schließlich an einem Ristorante
– ein Glücksfall, denn man vermietete auch Zimmer,
kühn und schön gestaltete dazu. Abends brach eine
stolze dunkle Bläue herein, die sich auf die Trauben
rund um den Gasthof zu legen schien, wir durften
welche pflücken, und nie haben wir köstlichere geges-
sen. Obwohl es immer noch kühl war, nahmen wir

die Mahlzeit abends im Freien zu uns, bekamen zum Wein *formaggio di capra* hingestellt, Ziegenkäse. Wobei der Wirt mich, aus welchem Grund auch immer, mit todernstem Gesicht Dottoressa nannte. Beinah betreten schaute ich auf unseren Tisch und fand es doch wunderbar. Ein Wort wie ein Schmetterling. In die Nacht hinein das Sirren der Zikaden und jäh ein warmer Luftstrom. Südwind, sagte ich, ohne Ahnung zu haben, ob es auch ein südlicher war, doch woher sonst seine Streicheleinheiten. Abwechselnd schlossen und öffneten wir die Augen. Die Sterne schienen so nahe, als würden sie sich einfangen lassen. Glockenschläge, die in eine tröstliche Tiefe hinuntereilten. Süden pur. Aber die tröstliche Tiefe: Sie löste ihr Versprechen nicht ein, schlug bei mir um in eine Trauer, eine damals nicht fassbare. Es half nichts, dass Sören Scott Fitzgerald zitierte: *Tender is the night.* Musste schließlich weinen.

Sören, der dies nicht bemerkte: in einem andern Land.

Am nächsten Morgen sind wir dann (mit einer dem Wirt abgekauften Kiste seines *vino*) – ins nahe Muggiotal gefahren, 900 Meter hinauf bis ins letzte Dorf, Scudellate, schön mit den zweireihigen Steinhäusern, aber wie ausgestorben. »Das Ende der Welt«, sagte ich. »Oder der Anfang«, antwortete Sören. Auf einem Maultier-, ehemals Schmugglerpfad hinüber nach Italia, außer klobigen Rabenrufen da oben stiller als eine leere Kirche. Bei der Rückfahrt (diesmal auf der anderen Talseite) klebten wir hinter einem Postbus-Winzling, was wir erst fluchend, dann zunehmend erleichtert quittierten, denn anders als bei dem Hinaufgeschraube ein paar Stunden zuvor war unsere Straße jetzt schmaler als ein verhungerter Regenwurm, der Bus berührte die Häuser in den Ortschaften beinahe. Schönes Tessin? Atemberaubendes Tessin. Hätte mich übergeben können.

Auf der Rückfahrt, kurz vor Airolo, Seitenblicke nicht nur wegen Mario Bottas umwerfend roter Autobahnraststätte (er versteht sich nicht nur auf Kirchen), sondern weil auch hier angeblich Nietzsche-Land. Hatte jedenfalls einer aus der Riege der Bremer Geisteswissenschaftler gegenüber Sören gemeint. Sören, halb lächelnd und auf einen Titel des Philosophen anspielend: Der Wanderer mit und ohne Schatten unterwegs also auch am Gotthard? Immer dort, wo der Triumph des Lichts, hatte der Kollege gesagt, Nietzsche sei doch besessen von reinem Himmel gewesen, für ihn eine Art meteorologisches Äquivalent zu seinen stürmenden Gedanken. Und wo habe der sich ihm freudiger entgegengewölbt als am Eingang zum Süden, am Gottardo? Wenn man's so nahm, befanden wir uns an jenen Mittag wahrhaftig auf Nietzsches Spuren: der Himmel tief leuchtend wie mein Aquamarin. (Waren tatsächlich ja noch einmal, für eine halbe Stunde, ausgestiegen. Umweht von leichtem Wind verstanden wir ihn nur allzu gut, den Liebhaber des Blau assoluta. Es konnte nicht ausbleiben: In diesen Minuten waren wir glücklich.)

Kein Erfolg wurde der Abend, den wir, praktisch gegenüber von uns, im »Kreativen Haus« verbrachten, einem ziemlich großen, architektonisch höchst bemerkenswerten Gebäude, archaisch-wuchtig errichtet von dem Expressionisten Bernhard Hoetger; dort gastierte eine Band aus Luzern (»Die Bernhardiner«), von der wir ebenfalls durch Birgit wussten – sie hatte sich begeistert geäußert: hinreißende Mischung aus Folk und Pop. War auch wirklich gut zu hören, was die Truppe bot, dennoch: Richtig bei der Sache waren wir nicht. Ein paar Reihen vor uns saßen einige aus dem Kinderhaus, als sie uns während des Konzerts entdeckten, winkten sie, wir sollten zu ihnen, nicht alle Stühle waren besetzt. Wir hatten aber keine Neigung, waren froh, als der Auftritt der Schweizer vorbei war, nahmen dann im Hinausgehen (wir waren die Ersten) zwei CDs mit. Was hatten wir erwartet? Wir wussten es selber nicht, griffen nur nach allem, was uns mit Birgit in Verbindung brachte.

Zu Weihnachten und zum Geburtstag schickte ich Sonja Bücher und was zum Anziehen, auch Schmuck, auch Schals, in Worpswede gefertigt. Bei Büchern hatte ich indes so meine Prinzipien. Astrid Lindgren zum Beispiel, von mir sonst hochgeschätzt, verübelte ich immer ein bisschen den Namen Pippi Langstrumpf, rief er für mich doch die Assoziation zur menschlichen Ausscheidung hervor beziehungsweise zu deren Bezeichnung, die ich nicht mochte, absolut nicht, selbst nicht in ihrem Bezug zum Kleinkind.

Was mich ausgesprochen freut: Sonja entwickelt ein verblüffendes Maltalent, nimmt am Förderlehrgang eines Kunstprofessors teil. Als ich hier in der »Kunst-Insel« unter den großen Drucken, die da in einem Ständer ausliegen, eine wunderbare, farbenreiche Darstellung (Richtung Kubismus) von Sonia Delaunay sah, habe ich sie gekauft und die Rolle dem Kind (ja, ja, wie lange sagt man »Kind«) zugesandt – vor

allem, weil Sonia und Sonja beinah gleich klingen.
Vielleicht bringst du es ja auch so weit wie deine akustische Namensverwandte, schrieb ich ihr dazu. Noch
einen Schritt weiterzugehen, wagte ich nicht, ich hätte darauf hinweisen können, dass ihr das Malen im
Blut liege, sei doch eine ihrer weiblichen Vorfahren
Mitglied im Verein der Berliner Künstlerinnen gewesen – eine achtzehnhundertundsowas gegründete, u.
a. von Paula genutzte Einrichtung für kunstschaffende Frauen. (Ähnliches gab es ja auch in Paris.) Ich
wollte dem Kind aber nicht zu viel Hoffnung machen, nachher reichte es womöglich doch nicht für
mehr. Inzwischen glaube ich: Sie hat da eine Zukunft.
Und außerdem hatte ich, gebe es zu, immer ein bisschen Angst, ein bisschen viel Angst sogar. Der Begriff »Genie und Wahnsinn« – in gewisser Weise hat
er mich vergiftet. Das Schicksal jener Aloïse Corbaz
nämlich, mit der ich mich ja im Hinblick auf die Ausstellung bei Conz so intensiv beschäftigt hatte, ließ
mich nichts Gutes für eine Künstlerlaufbahn erwarten, wobei ich gar nicht mal so sehr Frauen im Auge
hatte, sondern kreative Persönlichkeiten allgemein.
Künstler, denen ich hier begegnet bin, lebten anders,
als menschliche Existenz anders, und der Hang zum
Abseitigen, Absonderlichen war nicht zu übersehen.
Sonja dort eingereiht – für mich eine beklemmende
Vorstellung. Einer, der es wissen musste, der Dichter
Claudel, hat es unmissverständlich formuliert: Eine
Künstlerberufung ist etwas äußerst Gefährliches,
nur die wenigsten Menschen vermögen ihr standzuhalten. Seine Schwester Camille, trotz überragender
Begabung als Bildhauerin, hielt ihr nicht stand, weil

zu viele Umstände ihr zusetzten. Wie bei der Corbaz hieß ihre Tragödie Irrenhaus. Nein nein, da sollte Sonja lieber nur sonntags malen. Aber jetzt bin ich doch guter Hoffnung. Die Feministinnen bewerten ja die Endstation Anstalt als Reaktion auf die vergewaltigende Machtausübung der Männer. Mag sein, dass es so ist, aber was ist schlimmer: patriarchalische Willkür oder Ausgeliefertsein hinter Gittern? Wohl falsch gefragt, das Zweite ist die Folge des Ersten. Aber das alles ist ja ohnehin Vergangenheit, keine Frau landet mehr so einfach in einer Einrichtung für Irre, ein Mann natürlich ebenfalls nicht. Ohnehin: Psychiatrie hat sich schließlich grundlegend geändert, dank eines italienischen Arztes. Den Elektroschock verdankt die Welt allerdings ebenfalls einem Italiener. Das Beste gewollt und den Horror erzeugt. Denke da nur an Sylvia Plath. Was aber die Kunst betrifft: Ein Gefahrenherd für die Gesundheit bleibt sie, und gesund soll sie bleiben, meine Sonja.

Sonja Nr. 3 muss wohl auch noch genannt werden, aber bestimmt nicht als Vorbild für meine. Vogelers Ehefrau nach der Trennung von Martha – eher ein schwarzer Schwan mit polnischen Wurzeln und wieder mal sehr viel eigenem Willen. Stichwort freie Wildbahn.

Irgendwann folgte Hammer Nr. – also, der wievielte war es? An einem Sonntagmorgen, als Frau Hollein nach langer, langer Zeit bei uns erschien, in den Händen zwei Flaschen »Fürst Metternich«. Mir beengte es gleich die Brust: Würde wohl kein Sektempfang, keiner, bei dem es was zu feiern gäbe. Man kann sich auf sich verlassen: Empfangen durfte ich die Botschaft, die Hiobsbotschaft, dass wir leider Abschied, räumlichen Abschied voneinander nehmen müssten, da unsere Wohnung bald Eigenbedarf. Sören hatte inzwischen Gläser auf den Tisch gestellt, war jetzt dabei, eine der beiden Flaschen zu öffnen, in ihrem Auftrag. Zum Wohl, sagte sie überflüssigerweise. Natürlich hätten wir Zeit, wenn auch nicht ewig, da ihr Mann spätestens im Oktober (wir hatten Juni) wieder herziehen möchte. Eine Bombe vor allem deshalb, weil von Lydia bisher kein Ton über die Absicht ihres Vaters. Der hatte eine neue Stelle am Hermann-Böse-Gymnasium in Bremen, was aber als nicht ausschlaggebend hingestellt wurde. Näheres erfuhren wir nicht. War ja auch egal, fest stand: Der Storch bezog wieder sein Nest.

Sollte er. Schnell nämlich hatten wir eine neue Bleibe, mitten im Ort sogar (mehr Mitte ging einfach nicht, ein Worpsweder Haus mit Geschichte, völlig überholt, auch mit neuem Reetdach. Beinah das Schönste: die Diele, der man den alten, etwas holprigen Fußboden gelassen hatte – jeder, der reinkam, bewunderte die rissige Steinlandschaft. Erhalten hatten wir den entscheidenden Tipp aus dem Kinderhaus. Ruckzuck uns reingehängt, ruckzuck dann die Übernahme.

Für die Diele baute uns Gunnar, der Mann, der auch die Wiege für Silke angefertigt hatte, einen prächtigen ovalen Tisch, außerdem erwarben wir in einem kurz zuvor eröffneten besseren Trödelladen im katzensprungnahen Bergedorf ein rostbraun bezogenes Sofa, hinten und an den Seiten herrlich verschnörkelt. Außerdem erstanden wir bei einem jungen, einem noch sehr jungen Künstler, der in einer schuppenähnlichen Unterkunft mehr hauste als wohnte, eine ziemlich große, aus vier einzelnen, aber gleichen Teilen bestehende Bildtafel mit vier unterschiedlich farbigen Fenstern: grün, blau, braun und gelb. Das Ganze hieß richtig, aber etwas phantasielos »Farbige Aussicht«, gefiel uns beiden aber auf den ersten Blick. Hat sich leider früh zu, wie man so sagt, zu Tode getrunken, der Schuppen-Künstler. Sah dann jedenfalls super aus, die Bildtafel an der weiß gekalkten Dielenwand. Alles war damals super, wir waren unentwegt in Aktion, kamen nie zur Ruhe, sehnten uns eigentlich auch gar nicht danach, wollten rastlos in Aktion und Schwung sein, möglicherweise aber auch, um alle Schatten zu verscheuchen.

Als wir uns am Abend vor dem endgültigen Aus- und Umzug von Frau Hollein und Lydia verabschiedeten, hatten Sören und ich die gleichen Gedanken: Da sitzen sie nun, Mutter und Tochter, eher verkettet als verbunden. Denn natürlich hatten wir uns immer mal wieder über dieses Verhältnis unterhalten, wobei ich nicht selten, nur für mich versteht sich, meine Vergangenheit mit einbezog, die ganz bestimmte. Ja, ich dachte oft beides zusammen: meine Beziehung zu Peter und Lydias Beziehung zu ihrer Mutter. Bei letzterer war für Sören ganz klar: Sadomaso. Ich: Bei Mutter und Tochter? Ich weiß nicht – in dieser Richtung aber musste es sich bewegen. Frage mich bis heute, weshalb ich Lydia nicht ganz schlicht gefragt habe: Schlägt deine Mutter dich? Und wenn ja: Warum lässt du es dir gefallen? Nach jenem Abend vorm Kamin, als ich ihren gezeichneten Körper erlebt hatte, wie oft war ich drauf und dran gewesen, es anzusprechen. Da war sie doch, die nackte Wahrheit. Aber eine meiner Krankheiten heißt: Nicht fragen.

Dann waren wir tatsächlich in der neuen Wohnung, Bäcker Barnstorff, Netzel in nächster Nähe, aber wie es so geht: Bald hatte das Neue ausgedient und das Alte zog wieder seine Kreise. Zum Alten, zum jüngeren Alten gehörte: Elke. Längere Zeit war sie wie nicht vorhanden gewesen, Sören erwähnte sie nicht mal, nach dem Einzug indes, wenn auch nicht sofort, stieg sie wieder bei uns von ihrer blöden Maschine. Elke, die Motorradbraut, wurde unser ständiger Gast, nein, nicht Gast, sondern Teil unserer Familie, von Sören ein- und zugelassen. Und ich konnte nichts machen, redete mir wenigstens ein, nichts machen zu können, da Sören es wie ein Hexenmeister verstand, sie bei uns wie selbstverständlich zu platzieren. Eins, zwei, drei, und Elke war dabei. Blöderweise gelang es ihr, Silke zu sich ins Boot zu holen, ja, Silke verehrte sie regelrecht, so, als wäre sie eine geliebte Lehrerin (nun hießen sie auch noch ähnlich: Elke–Silke, Silke–Elke). In gewisser Weise wurde sie die häusliche Ergänzung zu »Tanti«, obwohl diese ja wesentlich älter. Ging mir sehr gegen den Strich, wie sie bei uns herumflatterte, fühlte mich förmlich entmachtet. Elke hat gesagt – Wenn ich das schon aus Silkes Mund hörte. Steckte sogar was ein von ihr. Ja, Elke durfte Zügel bei ihr anziehen, durfte streng sein, durfte sagen: Okay, meinetwegen, aber keine Minute länger. Alles Dinge, für die sie mich verbrüht hätte. So verliert man eine Tochter. Sören kriegte das gar nicht so richtig mit, anfangs nicht, später gab er umso deutlicher zu erkennen, dass er nichts dagegen hatte, im Gegenteil. Sei schließlich auch entlastend für mich. Das mit der Entlastung versah er mit einer Art fürsorglichem Touch, als wenn er mir zubillige, es schwer zu haben, schwer mit ihm, so dass er begrüße, wenn Steine von mir genommen. Es kam doch wahrhaftig so weit, dass diese Elke bei uns im Gästezimmer schlief, nicht durchgehend, aber zunehmend. Morgens fuhren sie dann, was ja wieder komisch war, getrennt zur Uni, sie in Kluft und mit ihrer Maschine (ich hasste sie), Sören mit seinem Auto.

Worpswede wäre nicht Worpswede, hätte diese häusliche Erweiterung nicht einen hohen, wenn nicht den höchsten Aufmerksamkeitsgrad im gegenüberliegenden Kommunikationszentrum, bei Netzel also, erzeugt – zwei Frauen, ein Mann, mithin eine Ménage-à-trois?

Ja und nein.

Aber nicht verborgen blieb auch, dass Sören zunehmend feminisiert auftrat. Seine Pullover, Hosen, Jacken: eindeutig solche für Frauen, im besten Fall Unisex. Die Schuhe etwa, in sie hätte auch ich schlüpfen können, so wie sie vom Muster und der Leuchtkraft her waren. Dass er auch Damenslips trug, blieb Gott sei Dank ja verborgen. Nicht aber, was allmählich sich bildete, Brüste. Als ich in seinem Schrank Östrogen-Gel entdeckte, war die Sache erklärt. Als er dann BH trug, war das eigentlich konsequent, wiederum mit der zweiten Konsequenz, dass bei Netzel die Wogen noch höher gingen. Eine Mutprobe, sich dort noch sehen zu lassen. Wie sehr man im Bilde, demonstrierte das Schweigen, das totale, welches mit dem Eintritt den Laden dröhnend erfüllte. Gibt es auch lächerliche Trauerspiele? Der BH darin das Lächerlichste. Mein Hass begann zu klirren, Gemeinheit und Hohn wucherten. Da er ja jetzt Inhaber eines Busens, müsse er wohl zur Voruntersuchung, von wegen Brustkrebsvorsorge. Aber sicher nehme er das Risiko dieser Erkrankung gern in Kauf, Hauptsache Frau. Wir könnten ja auch zusammen da hin, was halte er davon? Derart meine Entgleisungen. Dagegen harmlos, wenn ich giftete, er laufe herum wie ein bunter Hund. Hatte ein ganzes Arsenal von vergifteten Pfeilen. Traten wir zusammen auf oder hatten Gäste, sagte ich immer: Tu mir den Gefallen, zieh dich neutral an. Doch selbst, wenn er den BH wegließ: Die Wölbung war unübersehbar. Mir wurde die ganze Entwicklung zum Albtraum. Hatte ich nicht einen Mann geheiratet? Eine Frage, so oft von mir gestellt wie die Frage nach dem Wetter.

Existenzvernichtung, die sich bei uns vollzog – meine. Eines Tages war ein Brief unter der Post von einem Dr. Günter Salt, Kiel, gerichtet an Frau S. Rief. Wollte ihn aufmachen, da ich das »S.« gar nicht richtig registriert hatte, glaubte, der Brief sei für mich, wenn ich auch mit dem Absender nichts anfangen konnte. Aber dann: »S.« Rief, da konnte ja auch Sören gemeint sein. Wiederum: Schwer vorstellbar, dass er für die Außenwelt bereits als eine »Sie« galt. Die Verwirrung bei mir nicht geringer als seinerzeit beim Anblick vor dem Spiegel. Legte den Brief Sören hin, ließ ihn unkommentiert – typisch für die Situation: Nur nicht dran rühren.

Gleichwohl das Gefühl, unsere Liebe zieht sich zurück wie eine Flut. Vielleicht wich gar nicht so sehr unsere Liebe, aber unsere Gemeinsamkeit. Genau, die Gemeinsamkeit ging zum Teufel, weil er des Teufels, Sören.

Weiterer Gongschlag, wenn auch ein leiser: Er benutzte Lippenstift. Bei einem Frühstück sprach Silke es aus: Paps, du färbst dir ja die Lippen. Mir selbst war das nicht mal aufgefallen, wollte es möglicherweise auch nicht wahrnehmen, und das Rot war tatsächlich nicht sehr kräftig. Benutzte unsere Tochter als Puffer, fragte sie: Und, wie findest du das? Ganz schön mutig, sagte sie.

Das war's.

Ich jedoch fühlte allmählich den Boden unter mir schwanken – wann würde er einstürzen? Meine Schweizer Autorin Annemarie Schwarzenbach hatte gegen Schluss geschrieben: »Das Leben zerfetzt sich mir in tausend Stücke.«

Meines, unseres ja auch. Wechseljahre der ganz anderen Art. Schlimmere.

Irgendwann kam er mit seiner Geschichte: Als kleiner Junge, erzählte er, habe er vom Küchenfenster aus einen in der Dunkelheit blauen Schriftzug gesehen: *felina*. Damals wohnten sie in Lippstadt, waren mal wieder umgezogen, sein Vater hatte einen Job bei der Leuchtenfabrik »Hella« angenommen. Besonders sei ihm aufgefallen, dass es ein kleines »f« gewesen sei, zwar groß und geschwungen herausgestellt, aber eben ein kleines »f«. Weil Birgit damals wegen des schweren Unfalls – ein fremdes Auto hatte sie böse angefahren –

weit weg vom Schuss in einer Spezialklinik lag, fragte er seine Mutter, was es mit dem so leuchtenden Wort auf sich habe. Es habe mit Anziehen, mit Tragen zu tun, sagte diese. Eine exakte Auskunft blieb aus. Die bekam er durch eine Mechthild, einem älteren Nachbarmädchen, für seine Mutter ein »Feger«. Sie schob Bluse und Unterhemd hoch, sagte: Das ist felina, nix für Jungs. Und das, so Sören, habe ihn schlagartig traurig gemacht.

Ja, so kann man auch zu einer Trauer kommen, kommentierte ich bissig.

Brannte sich ein bei mir, dieser Schriftzug, sagte er, war für mich der Anfang eines Bogens.

Schon klar, welchen Bogen er meinte, den zum Kauf eines eigenen BHs.

Eigentlich unbegreiflich, dass ich nicht kotzte. Nach Kotzen war mir nämlich, weiß Gott.

Habe, sagte er, die Verkäuferin gleich gefragt, ob sie auch felina führen, also als ich –

Als du dich aufgemacht hattest, dem Irrsinn anheim zu fallen.

Es war das Gegenteil von Irrsinn, sagte er.

Irre werde ich gleich selber, sagte ich.

War so glücklich, als die Verkäuferin nickte, sagte er. Ein Traum erfüllte sich, felina gab es, für mich.

Kein Traum, ein Alptraum, sagte ich.

Ich war in meiner Wirklichkeit angekommen, sagte er.

Na dann: Husch, husch, ins Körbchen.

So höhnisch wie möglich.

Natürlich war felina nicht der Punkt, sagte er, es ging um den Kauf an sich, hätte auch einer vom Typ »Amourette« sein können.

»Triumph«, präzisierte ich unnötigerweise (wohl, weil ich selbst diese Ausführung besitze).

»Die Zeit war einfach gekommen«, sagte er, das war das Entscheidende.

Keine mit mir, sagte ich.

Meine Stimme bebte. Insgesamt bebte ich. Was die Verkäuferin wohl gedacht hatte, als da ein Mann einen BH verlangte, nicht etwa für seine Frau oder Geliebte, sondern für sich, ihn vielleicht sogar anprobierte? Todsicher hatte er nicht bloß gekauft, sondern für sich gekauft. (Habe dann doch mal gegoogelt, ob ein Zusammenhang von felina und Lippstadt. Ist jedoch ein Mannheimer, gegründet als deutsche Konkurrenz zu den französischen Dessousherstellern. Da in jüdischem Besitz, ist natürlich auch diese Firma arisiert worden, wie das ja hieß, beschäftigte dann Zwangsarbeiter und ließ sogar im Ghetto von Lodz produzieren. Das, dachte ich, werde ich Sören bei passender Gelegenheit unterjubeln. Erfuhr im Übrigen bei der Googelei, dass auch »Camelia« ursprünglich jüdisch.)

Ich, einmal in Fahrt, setzte nach: Beim Einzug ins Paradies auch darauf geachtet, dass hinten nichts hochrutscht, der Körbchenrand links und rechts nicht einschneidet (bei mir oft der Fall, weshalb, ärgerlicherweise, ohne Kabine nichts geht), die Cups schön glatt sind, der BH nicht durchdrückt, nahtlos ist, leicht gefüttert, die ganze Passform okay ist und für die Maschine geeignet – ja? Und Bordüre aus Spitze und Schleifchen, französischen Farben statt Hausfrauenweiß oder -nude? Sich aber mit dem BH zurückhalten, ganz buchstäblich, ihn vor sich herzutragen, dehnt nämlich den Brustmuskel zu stark, was auf Dauer die Figur verdirbt. Am besten, du fragst Claudia Kleinert. Ich sah, wie er zurückfragen wollte (»Meinst du etwa die vom Fernsehen?«), ließ ihn aber nicht zu Wort kommen, redete und höhnte immer noch weiter, Herrgott, war ich in Rage. Und versengt, wie mein Hirn damals war, schob ich auch noch nach, dass 70 Prozent aller Frauen (hatte ich im Wartezimmer meiner neuen Zahnärztin gelesen) sich in die falsche BH-Größe zwängten. Alles doch gesagt, als wäre er es tatsächlich: Frau.

Verkehrte Welt. Und irgendwie ein Spiel mit dem Feuer, da war ich sicher.

Ich selbst habe mich, wenn eben möglich, nicht mehr im BH bei ihm gezeigt, erst recht nicht mehr zugelassen, dass er mich, wie in unseren rosa Zeiten, beim Kauf von Dessous begleitete.

Meine Kommissarin trägt übrigens den BH sehr bewusst. Kann sie ja mal fragen, welchen. Kleiner Scherz.

Mir fällt ein: Soll ich Peter als Anwalt nehmen? Bisher ist ja alles an mir abgeperlt. Selbst die Beisetzung, selbst die Anwesenheit der Familie, selbst ihre Blicke. Kalt, haben bestimmt alle gedacht. Mir doch egal. Für sie ist Sören nur das Opfer. Dass ich die Täterin: Zumindest haben sie sich zurückgehalten, deutlich war es ja auch noch nicht. Hatte auch keine Neigung, von mir aus eine Erklärung zu servieren. Sören war tot, auf schreckliche Weise ums Leben gekommen, die Polizei ermittelte. Es war, wie es war. Hier nur ganz besonders.

Noch schnell einen Milchreis? Mir schleierhaft, woher dieser Hunger kommt. Bin doch abends ganz weg von der Esserei, sogar vom Obst. Aber zu Milchreis gehört Obst. Kirschen. Eine Dose habe ich noch da stehen. Für Elke eine »regressive Kindermahlzeit«, Milchreis. Na und? Kinder bleiben wir alle.

Hier sind sie, die Kirschen. Sind aber nicht die »Kirschen der Freiheit«, wie das Buch heißt, sondern »Die Kirschen der Unfreiheit«.

Werden mir trotzdem schmecken.

Der Dosenöffner.

Also aus einer normalen Ehe schwuppdiwupp in eine lesbische, habe ich herausgepresst. (Wobei: Normal war sie doch schon lange nicht mehr.)

Seine selten dämliche Gegenfrage: Und, was spricht dagegen?

Für mich alles, habe ich gesagt.

Wir blieben zusammen, sagte er.

Das allerdings war ein Argument.

Es würde mir das Herz zerreißen, sagte er, beinah schüchtern. Wenn wir uns trennen? Lesbisch, sagte er: nur ein Wort.

Lesbisch würde nur für dich gelten, sagte ich, erregt, wütend. Was soll ein Paar, in dem nur ein Teil sich als lesbisch fühlt, du.

Dass ich mich als Frau fühle, ist viel wichtiger, sagte er.

Jetzt sagst du es selbst: Du fühlst dich als Frau, aber du bist es nicht. Ganz leise Hoffnung glomm.

Dass er sich sehr wohl als eine Frau betrachtete, hatte er mich in der Küche wissen lassen (viele Geständnisse sind dort schon gemacht worden).

Er trocknete ab. Indem er den grünen Teller (unseren Allzweckteller) auf den Teetisch stellte: Du, ich bin nicht Mann, ich bin Frau. Ich hörte es und spülte weiter. Er habe mir gerade etwas mitgeteilt. Ist angekommen. Reichte ihm einen weiteren Teller. Und, was würde ich dazu sagen? Was soll ich dazu sagen? Du hast es mir zur Kenntnis gegeben. So ganz überraschend könne es eigentlich nicht für mich sein. Dann mach auch nicht so ein Aufheben. Er gab den Teller aus der Hand, fasste mich an die Schulter: Regina … ! Was ist? Ich bin Frau, Regina, FRAU. Wie Frau?

Er setzte an, erklärte. Dass er es immer gewesen sei, er ständig darunter gelitten habe, nicht wie Birgit ein Mädchen zu sein, wie sie eine Vagina, eine Periode, Brüste zu haben, nicht gleich ihr einen Büstenhalter tragen zu können. (Er sagte nicht BH, sondern sprach es aus, wohl um die Bedeutung dieses Teils herauszustellen.)

Du musst es nicht alles einzeln aufzählen, sagte ich. Und er sei nun mal eben nicht, wie Birgit, als Mädchen, sondern als Junge, als ihr Bruder geboren wollen. Wolle er gegen die Natur zu Felde ziehen, gegen den lieben Gott, wenn er wolle?

Seine Natur sei aber weiblich.

Und warum sei er nicht gleich als Mädchen zur Welt gekommen?

Es gebe nun mal Missgeburten.

Ach, als eine solche wolle er sich bezeichnen?

Stimmt, Fehlgriff hört sich besser an.

Ich nahm ihm das nasse Handtuch ab, gab ihm ein frisches, trockenes.

Es ist eine Mode geworden, das Geschlecht zu wechseln wie sein Hemd, sagte ich.

Bei mir ist es keine Mode, sagte er. Und wenn mein Körper nicht gleich ein weiblicher war, meine Seele war es, immer.

Dann bleib meinetwegen bei der Seele, aber lass deinen Körper in Ruhe.

Keine Seele ohne Körper, kein Körper ohne Seele, sagte er. Teresa von Ávila.

Beim Namen Teresa zuckte ich zusammen: die Frau an Peters Seite.

Antwortete: Von sehr hoher Warte aus gesprochen, nehme ich an. Wie meist bei Heiligen.

Von Liebe verstand sie etwas, sagte er, gerade sie.

An ... an Trans hat sie bestimmt nicht gedacht.

Eine Frau immerhin aus deiner Co-Heimat Spanien.

Als wenn das ein Argument wäre.

Es werden auch unter den Heiligen welche mit diesem – diesem Wechselgeschlecht gewesen sein, sagte er, da bin ich absolut sicher.

Meine Gelassenheit: Sie war natürlich nur die Folge des Schocks, den Sören mir gerade zugemutet hatte. Wenn er von Spuren sprach: Nichts, nichts, da war wiederum nun ich sicher, hätte mich auf den Gedanken bringen können, bei ihm breite sich eine Revolution vor.

Rede vom Anfang des Ganzen, ist ja klar, von dem, womit es losging.

Ich habe mich immer für weiblich gehalten, wiederholte er. (Gott, wie oft sollte ich das noch hören.)

Man kann sich, sagte ich, auch für ein Rennpferd halten.

Das war fies von mir, spielte ich doch auf meine

Katalog-Arbeit an beziehungsweise auf jenen schizophrenen Künstler aus dem Oldenburger Land. Der war zu Beginn seiner Krankheit der Überzeugung gewesen, ein Rennpferd zu sein. Hatte mir mein damaliger Mitarbeiter erzählt, jener aus dem Oldenburger Museum.

Sören hatte natürlich sofort kapiert.

Ich bin nicht krank, sagte er. Es gibt sogar Naturvölker, in denen man eine andere Gender-Identität annimmt.

Meinetwegen annimmt, aber was man annimmt, kann man auch wieder ablegen, sagte ich.

Und das soll ich tun?

Ich würde dem ganzen Spuk ein Ende bereiten.

Kann ich nicht, werde ich nicht, sagte er.

Und dann warf ich ganz was Idiotisches, ganz und gar Ungehöriges hin, nicht weil es unwahr war, sondern weil man so was nicht für seinen persönlichen Kram benutzt, ich sagte nämlich: Selbst in Auschwitz war nichts unmöglich. Meine damit, auch dort fanden Entlassungen statt, also, weshalb kannst du dich nicht verabschieden von dem, was du glaubst, zu sein ...

Fügte hinzu: Wenn man liebt, ist alles möglich.

Liebe ist ein Kunstwerk, entgegnete er.

Sagt natürlich Ingeborg Bachmann (was stimmte).

Konnte aber sehen: Es arbeitete in ihm.

Wir müssen zur Mitte finden, sagte er schließlich.

In Gefahr und großer Not ist der Mittelweg der Tod.– Dachte sofort an den Spruch (fand ihn immer stark, bestes Barock), hätte daher auch beinah gesagt: Du hasst doch die Mitte, den Mittelweg. Und jetzt redest du selbst davon. Scheute aber davor zurück, eine Diskussion zu entfachen.

Auch er wollte im Moment auf sich beruhen lassen, was er mit seiner Proklamation bei uns angerichtet hatte.

Eine Pause aber nur, nicht mehr. Die Linie war ja gezogen.

Der endlose Krieg hatte begonnen.

Das Zusammenleben als zwei Frauen, meine strikte Verneinung, da ich das doch nicht bin, lesbisch, es nie der Fall für mich sein könnte, etwas dermaßen Abseitiges zu leben, egal ob mit oder ohne Partner, auf der anderen Seite sein Beharren auf dem einmal Verkündeten – bei gleichzeitiger Weigerung, ein Scheitern unseres Zusammenlebens einzugestehen, dabei aber ohne jede Aussicht auf einen Ausweg. In diesem Zirkel bewegten wir uns fortan.

Dann (und komischerweise ein weiteres Mal beim Abtrocknen): Uniklinik Hamburg.

Nun stand sie endgültig vor mit, die ganze furchtbare Zukunft.

Mir bleibt keine Wahl, sagte er.

Eine Wahl bleibt einem immer, antwortete ich, vollkommen zerschmettert.

Hier nicht.

Aber ich habe doch gewählt.

Du weißt, wie ich es meine.

Und trotzdem gehe er davon aus, ich würde an seiner Seite verharren ... ?

Verharren, was für ein Wort. Doch es sei seine größte Hoffnung.

Es ist das Ende vom Lied, gab ich zurück.

Wirklich das Ende?

Vermied eine Bestätigung, auch weil plötzlich in Angst, dass er schon den OP-Termin nennen würde.

Auch seine Träume bestätigten es ihm unmissverständlich, sagte er. Und ich solle ihm jetzt nicht damit kommen, dass man Träume nicht wörtlich nehmen dürfe, sie sich nur verschlüsselt ausdrückten.

Und ihm sei die Entschlüsselung gelungen …

Genau.

Wenn er das glaube.

Wisse, sagte er.

Tatsächlich waren Träume und Traumdeutung mal ein Thema zwischen uns gewesen. Anlass, wie häufig, eine Übersetzung, mit der ich seinerzeit beschäftigt war.

Ob sich nicht auch sein Aussehen schon geändert, ein bisschen wenigstens?

Du meinst, weil du dieses Zeugs nimmst …

Er nickte.

Wusste es nicht. Es konnte sein, dass die Züge ein wenig weicher, auch das andere etwas anders, runder. Und obwohl er nie dazu neigte, hatte er jetzt etwas Bauch.

Vielleicht ist mir irgendwann etwas aufgefallen, sagte ich.

Aber du hast es mit Missbilligung registriert … ?

Dieses, wie heiße es noch, Gynokadin sei keinen Augenblick Anlass zu Freude für mich gewesen.

Okay, sagte er merkwürdig gelassen. Er griff unter die Bluse (ja, er trug an diesem Tag eine Bluse, Flower-Look), um einen abgerutschten Träger wieder hochzuziehen.

Tust du ja auch immer, lächelte er.

Meine Wut, meine Enttäuschung waren in diesem Moment unbeschreiblich.

Darauf gestoßen wurde ich schließlich durch eine Sendung auf Arte, ein unwahrscheinlicher Zufall, trotzdem wie auf mich gemünzt, war schon beim Zweiten, doch als ich sah, dass sich mal wieder jemand übergab (dauernd kommt das jetzt vor in Filmen), bin ich zu Arte, nur so, und da, Glück muss der Mensch haben, ging's doch wirklich und wahrhaftig um Blicke, die töten können. Ebenso zutreffend wäre gewesen: Die Kunst des Tötens. Denn Töten, das bewies diese Dokumentation, ist eine Kunst, kann jedenfalls eine sein, dann, wenn die gängigen Todesarten (Waffen, Gift usw.) ersetzt werden durch eine sozusagen indirekte, gleichwohl zielgerichtete Methode der Ausschaltung. Aber nicht, was man schon kennt, den psychischen Terror zum Beispiel, sondern Feinheiten aus dem Lexikon der in Jahrhunderten angesammelten Mordpralinen. Geschildert und dokumentiert wurden Fälle in Frankreich, Belgien und Algerien, in denen Frauen eben mit Mitteln einer ganz anderen Dimension den tödlichen Schlusspunkt gesetzt haben, Mittel, von denen ich nie gedacht hätte, dass es sie gibt. Und da angewandt von Frauen, hätte Sören es doch gefallen müssen.

Außerdem: Wo ist Kunst mehr zuhause als Worpswede? (Jedenfalls wusste ich nun, was ich zu tun hatte. Sehr entgegen kam mir, dass es besonders nachts geschehen konnte. Nacht gleich Liebe, Liebe gleich Tod. Wie wahr.)

Heute denke ich über die ganze Sache anders: Weshalb überhaupt die kunstvolle Ausführung? Klar, kein Täter will entdeckt werden, aber wie hätte ich ernsthaft annehmen können, nicht entdeckt zu werden? Und schließlich: Ich stand doch zu meiner Tat, stehe immer noch zu ihr.

Also bitte.

Aber Wut brauchte es gar nicht. Die war längst gewichen.

Überrascht gewesen war ich schon, sehr überrascht, wie Silke reagiert hatte, ausgesprochen cool nämlich, wenigstens tat sie so. Na, das seien ja Neuigkeiten, meinte sie, nachdem Sören ihr reinen Wein eingeschenkt hatte. (Reinen, dass ich nicht lache.)

Deshalb also der Lippenstift, sagte sie.

Unter anderem, sagte er.

Sie fragte nicht: Wie unter anderem?

Jedenfalls hielt sie sich auffallend zurück.

Irgendwie konnte ich sie nicht ansehen. Mir unbegreiflich, dass sie so wenig betroffen war, eigentlich gar nicht. Oder doch nur vorgetäuscht, diese Gelassenheit (fast ja Gleichgültigkeit)?

Sie frühstückte ja auch einfach weiter: Paps, reichst du mir mal die Marmelade?

Natürlich bleibe ich dein Vater.

Claro, sagte Silke.

Das hört sich zwar komisch an und ist auch komisch, aber für dich bin und bleibe ich …

Papsi, sagte Silke. Die Steigerung von Paps, wenn sie gut mit ihm drauf war.

Ich wusste es, sagte er, – ich hoffte es.

Silke lächelte ihn an.

Dass er, dass er Frau sei, nehme sie ihm ab?

Sieh an, dachte ich – er wiederholt sich. Wiederholungen sind Zeichen von Unsicherheit.

Die Marmelade, wiederholte Silke, weiter lächelnd..

Tschuldigung, Brombeere.

Ich für ihn ja Erdbeere.

Wenn du Fragen hast –

Ich will erst mal frühstücken, sagte sie, zog jedoch zunächst das Transistorradio zu sich: Darf ich? Herausgeweht kam „Mandy" von Barry Manilow. Sören, schon in seinem neune Himmel: Wird je ein Mann so besungen? Nachher gingen sie rauf in sein Zimmer. Erst nach einer Stunde hörte ich wieder Schritte auf der Treppe. Zwischen uns dreien fand in dieser Sache überhaupt kein Gespräch mehr statt. Aber was heißt »nicht mehr«, hatte mich ja am ersten gar nicht beteiligt, war nur Zeuge gewesen. Und auch zwischen Sören und mir blieb das Thema Silke ausgespart. Zwischen Silke und mir ebenso. Das große, große Schweigen. War es Gold?

Sicher hat es mich mehr verrückt gemacht als die beiden.

War nur froh, dass Silke – Abschluss wochenlanger Debatten – das Haus verließ, Richtung Internat. Jetzt war sie erst mal weit weg vom Schuss. Bis Lindau ist es doch eine ganze Ecke.

Äußerlich nahm alles weiter seinen Lauf. Einerseits war ich erleichtert, andererseits dachte ich jede Nacht, längst ja allein im Bett, dachte es auch am Tage, was sonst: Es ist unmöglich, so zu leben, das geht nicht. Hatte oft das Gefühl, zu ersticken. Taumelig erhob ich mich am Morgen und machte das Frühstück: auch für ihn noch.

Nach Hamburg, also zur Operation, begab Sören sich noch nicht.

Meine lächerliche Hoffnung: Und wenn er es sich doch noch anders überlegt?

Elke, zwischenzeitlich immer mal wieder in ihrer Wohnung in Bremen, kam eines Tages mit der Äußerung, wir wären das Worpsweder Frauenquartett.

Wusste ehrlich gesagt nicht, was ich antworten sollte.

Dann diese angebliche Reise nach Weimar. Nahm es erst ganz gläubig an, hätte ja sein können, dieser Austausch mit der Bauhaus-Uni. Buchenwald spielte mit hinein, so verkaufte er es mir.

Da wir schon mehrere Male in Weimar gewesen waren, auch natürlich da oben, hatte ich keine Neigung, ihn zu begleiten.

Alles andere hätte mich auch gewundert, sagte er.

Hatten aber schon mehrmals darüber gesprochen, ob eine kurze Reise uns nicht ablenken könnte.

Neapel? Capri hätte mir weit mehr zugesagt, man musste die Massen einfach mit den Augen wegwischen, aber die Insel war für mich in erster Linie der Schauplatz eines Films, der mich vor Zeiten wahnsinnig beeindruckt hatte: »Die Verachtung« von Godard, mit Brigitte Bardot als ausgehöhlte Ehefrau. Spielt zum Teil auf der überwältigend dahingestreckten Dachterrasse einer Villa, die hoch und einsam übers Meer ragt, eine geländerlose Treppe mit rund 100 Stufen führt hinauf – würde das niemals tun, wenn

deutsche sicherheitsfanatische Behörden hätten ent-
scheiden dürfen. Hätte ich zu gern mal mit eignen
Augen gesehen und bestaunt, dieses Bauwerk, alles
dort ja sagenhaft großartig, war es schon im Film, wie
musste es erst in natura sein. Das Buch, nach dem
Godard drehte, kannte ich, Roman von Moravia, damals viel gelesen. (Dieses Paar-Drama namens »Die
Verachtung« irgendwie ein Spiegel von uns? Verachtete ich auch Sören?)

Wir könnten ja beides verbinden, meinte er. Gibt
gerade ein Sonderangebot ab Hannover für fünf Tage,
das beides einschließt: Capri und Neapel.

Willst du dich unter die Camorra mischen?

Ins Gespräch kam auch der alte Plan eines verlän-
gerten Wochenendes in Paris mit einer Kreuzfahrt auf
dem Canal Saint-Martin, welche einen in ein nahezu
vergessenes Paris bringt. Fast so, wie es einmal war.
An der Seite von einem könnten die Maler vom alten
Montmartre sitzen.

Oder doch lieber wieder nach Venedig? Auf dem
knallbunten Burano wohnen und von da rüber zum
Bummeln. Wirklich mal nur zum Bummeln.

Harriersand fiel mir auch noch ein, die große We-
ser-Insel. »Wäre ganz in der Nähe, Insel trotzdem.«
Roch ihm aber zu sehr nach Kühen und grüner Langeweile. Außerdem, wenn man rüberguckt, guckt
man auf Brake, Name wie Krake, sagte Sören – zum
Schütteln.

Während wir das alles so erwogen und verwarfen,
fiel mir zum ersten Mal seit langer Zeit seine cellowarme Stimme auf. Der Ausdruck war nicht von mir,
ich stieß auf ihn in einem Roman von Victoria Wolff,

und er gefiel mir auf Anhieb. Irgendwann, als wir im Bungalow wohnten, hatte ich nachts den Eindruck, er spreche in dieser Art, wirklich fast wie Musik, und ich dachte: Jetzt hat er sie, diese cellowarme Stimme aus dem Roman. Ich behielt es aber für mich, man soll nicht immer alles gleich in Worte packen.

Nun, während wir unsere Möglichkeiten hin und her schaukelten, war es plötzlich wieder da, dieses »Cellowarme« in seiner Stimme.

Und eigentlich unbegreiflich, beinah hätte ich geweint.

Wäre auf jeden Fall entspannend, mal für einen Atemzug alles hinter sich zu lassen.

Zuletzt kamen wir noch auf Hiddensee. Milchvieh vielleicht auch da, aber doch mit ganz anderem Anstrich als Harriersand. Gerhart Hauptmann und so. Lutz Seiler ja ebenfalls … Und angeblich Sonne satt.

Hier lag mir der passende Spruch auf der Zunge, doch dann dachte ich: Wir segeln immer noch zu viel im Literarischen.

Der Spruch (oder stand's in einem Gedicht?): *Nichts Schöneres unter der Sonne / als unter der Sonne zu sein.*

Die Bachmann, wer sonst.

Und Ascona? Der für uns ja am schnellsten zu erreichende Süden. Hätte seinen Reiz auch dadurch, dass ja so mancherlei historische Verbindung zu Worpswede besteht.

Ohnehin: Das Hotel auf dem Monte Verità –

Alles verworfen. Ich: Gemeinsames ist eben suspendiert – dafür hast du schließlich gesorgt. Was mich beruhigte: dass Elke nicht mitfuhr nach Weimar. War sowieso bei ihrer Mutter in Bochum.

Als sie sich das letzte Mal den Helm bei uns aufsetzte, hatte es mich fast umgehauen: Kuss auf den Mund, von ihr, lange.

Hatte man Worte?

Er meldete sich nicht aus Weimar, ich mich bei ihm ebenfalls nicht. Fand es gut so. Schien sich aber hinzuziehen, das mit der Bauhaus-Uni. Las immer mal wieder in der neuen Goethe-Biographie. Ihn, den Dichter, hätte ich kaum zu meiner Verteidigung heranziehen können. Für Radikales war er doch ständig zu haben, Rilke später ja auch: *Wolle die Wandlung*. Hatten wohl Angst vor der Langeweile. Nutzte die Zeit auch, um mal gründlich selbst zu putzen. Frau Heines war gut, ich war besser. Am Ende war die Wohnung blank wie nie. Wie der Teekessel von Alessi. Radelte auch zur Hamme. Da war der Himmel zum Schluss fast violett. War regelrecht hingerissen.

Auch gebügelt habe ich viel. Bügeln nimmt im Haushalt Rang eins für mich ein. Ist immer so, als würde beim warmen Glätten alles wieder zum Leben erweckt.

Ganz verbannen konnte ich die Gedanken natürlich nicht. Habe aber nicht gewartet.

So mit Leuten gesprochen kaum. Einmal traf ich bei Barnstorff Lydia, war erst erfreut, sie ebenfalls, dann ließ ich's aber auslaufen, was mich hinterher ärgerte.

Wir hätten doch quatschen können bei mir.

Dann, spätnachmittags, läutete es. Dachte sofort, vielleicht hat Lydia beim Bäcker das gleiche empfunden und will nun noch mal einen Versuch starten.

Freute mich.

Draußen aber eine unbekannte Frau. Auberginefarbener Mantel, himbeerrote Umhängetasche.

Himbeerrot auch ihre Blütenstrickmütze.

Ich sagte: Ja, bitte …?

Auch als wir hinterher redeten, hatte er noch diese Mütze auf. Man hätte sie für fesch halten können, aber als fesche Frau wollte er sich bestimmt nicht präsentieren.

Das Haar darunter gefiel mir, im Prinzip, was ich natürlich nicht sagte. Jetzt ganz und gar weiblich, besser als der vorher eher androgyne, wie von Annemarie Schwarzenbach oder Jean Seberg abgeguckte Schnitt. Es muss sich alles noch ergeben, sagte er.

Jetzt habe er also seinem Leben den letzten Schliff verliehen, sagte ich, um mich im selben Moment zu ärgern: klang ja wie Lob.

Einmal muss das Fest ja kommen, lächelte er.

Schon ziemlich ausgeleiert, sagte ich. Außerdem, was hat Dame B. nicht alles angekündigt. Zuletzt noch, dass sie in ein paar Tagen zum Entzug in die Klinik gehe. Die Meisterin der Ankündigungen.

Dichtung kann nie ausleiern, sagte er. Und eine Ankündigung dort bleibt immer wahr, selbst wenn sie in der Realität nicht eintrifft.

Wie konnte ich auch so idiotisch daherreden? So weit war es schon mit mir gekommen. Gleichwohl: Ich hatte meine nukleare Haltung eingenommen.

Zunächst aber erklärte er seine maßlose Dummheit: dass er Weimar vorgeschoben habe.

Noch nie, sagte ich, hätten wir uns zu solchen Ausflüchten hinreißen lassen. Ja, aber er habe vorher keinen Kampf gewollt.

Der war doch längst ausgebrochen.

Stimmt, hätte es nicht tun sollen.

Hintergangen habe er mich.

Sorry.

Was er denn damit gemeint habe: dass sich alles noch ergeben müsse?

Das mit Blusen und Röcken zum Beispiel, sagte er.

Ja auch nichts Neues, sagte ich, zumindest was das Erstere betrifft. Habe er aber eingekauft?

Nicken zum Koffer hin.

Zur Feier des Tages, sagte er noch.

Schöne Feier, antwortete ich.

Zum Glück fragte er nicht, ob er mir die Sachen zeigen solle.

Am nächsten Tag, als zufällig in seinem Zimmer, sah ich da ein Ding, das ich gar nicht kannte, das heißt, ich konnte mir denken, was es war, und da er reinkam, sprach er es aus: Ein Corsagen-Hemdchen. Samtig, dunkelrot war es. Stand nahe vor einem Kollaps: Corsagen-Hemdchen!

Die Welt: Sie war nun endgültig aus den Fugen.

Mir fiel diese eine Geschichte wieder ein. Dann sei er ja jetzt sein Nachfolger, sagte ich.

Nachfolger von wem?, fragte er.

Na, von dem französischen Kleriker, jenem, der in aller Öffentlichkeit Frauenkleider trug. Erinnerst du dich nicht?

Doch, sagte er. Bei Frau Hollein.

Du warst schwer beeindruckt, sagte ich.

So etwas zur damaligen Zeit zu wagen, ja, hielt ich für bewundernswert.

Hältst du noch immer für bewundernswert.

Tu ich.

Er kann nur von Sinnen gewesen sein, sagte ich. Ein Priester in Frauenkleidung.

Wir könnten jetzt tauschen, sagte er.

Dass du dir was von mir was anziehst? Soweit kommt das noch.

Giftig!

Das pflaumenblaue Kleid zum Beispiel …

Ich weiß, dass du es magst, aber du wirst nicht mal einen Schal von mir bekommen. Außerdem ginge es gar nicht von der Größe her.

Käme auf den Versuch an.

Ich weigerte mich, das auch nur zu erörtern.

Vielleicht wollte jener französische Geistliche zeigen, dass in jedem Er auch das Sie enthalten ist – und umgekehrt. Nach Gottes Plan.

Das gerade willst du nicht, das eine und das andere sein. Du willst nur das Andere, nur Frau sein. Ums Verrecken willst du's.

Er gab's zu.

Ingeborg Bachmann hat auf eine neue Ordnung spekuliert: nicht das Reich der Männer und nicht das der Weiber.

Weiber?

Diese Bezeichnung hat sie gewählt, die archaische.

Betrachtest du dich als Weib?

Als weibliches Wesen.

Wenn die Bachmann aufs Androgyne zielte: Meine Welt wäre es nicht.

Wie gerade schon festgestellt.

Würdest du gern androgyn sein?

Auf jeden Fall lieber als Junge.

Immerhin, sagte er.

Und: Lassen wir Bachmann endlich den Bach runtergehen. Kommentierte es nicht, stimmte ihm aber zu. Dauernd hängen wir an ihren Rockschößen.

Weshalb sagt man Dinge, die man nicht sagen will?

Sagte nämlich: Stell dir vor, Birgit hätte plötzlich einen Penis gehabt.

Du bist geschmacklos, sagte er.

Verdammt, das war es wirklich. Ausgerechnet Birgit. Bei ihr sich vorzustellen, sie wäre auf Mann umgestiegen, körperlich – irrwitzig, peinlich.

Tut mir leid, sagte ich.

Dabei meinte ich natürlich nur das Ungeheuerliche, das diese Veränderung bedeutet hätte – ebenso ungeheuerlich wie das, was er nun mir zumutete.

Das unglücklichste Beispiel natürlich.

Er selbst wie ein Hund, der Knochen ausgräbt. Einer davon eine britische Autorin namens Gluck, wie der Komponist, die habe sich nach dem Ersten Weltkrieg eine männliche Identität zugelegt, sei als »Peter« aufgetreten. Das Umgekehrte gebe es also auch.

Peter!

Unheimlich bestärkt werde er durch so etwas, sagte er.

Unheimlich sei es ja auch, sagte ich.

Dreh mir nicht das Wort im Munde herum.

Auf jeden Fall dreht sich mir der Magen um.

Dann trink einen Underberg. Nein, sagte er nicht, ich dachte nur, dass er das sagen könnte.

Mit Schrecken fiel mir ein, dass er ja auch Strümpfe trug, seit etlicher Zeit schon.

Halterlose oder die andern, die, die man befestigt?

Fragte nicht. Hatte bisher ja auch nicht gefragt.

Elke doch bestimmt an deinem Bett in Hamburg.

Nein, war tatsächlich bei ihrer Mutter in Bochum.

So lange?

So lange.

Wundere mich überhaupt, dass es so lange gedauert hat mit dir.

Dabei wollte ich gar nichts wissen – ja auch nichts darüber, wie alles sich vorher abgespielt, wieso dann doch öffentliches Krankenhaus, obwohl da doch – anders als bei privaten Kliniken – gewisse Voraussetzungen. Aber kannte ihn ja. Hätte er den Papst persönlich sprechen wollen, er wäre vorgelassen worden.

Arsch.

Ob ich in der Zeit mit jemand gesprochen habe? Kurz nur mit Lydia. Bei deinem Läuten dachte ich, sie wäre es. Weshalb bist du eigentlich nicht einfach reingekommen? Besitzt doch den Schlüssel.

Du solltest einen neuen Menschen einlassen.

Ein Gespenst stand mir gegenüber, sagte ich.

Mach doch nicht alles kaputt, bitte.

Verbrannte Erde ist doch schon, sagte ich.

Auch Phoenix stieg aus der Asche, sagte er.

Mir fiel dazu Phoebe ein, der Mädchenname. Daran kann man sehen, wie ich drinsteckte, in diesem Knäuel.

Das Ganze war kein Zuckerschlecken, sagte er hilflos.

Mein Stöhnen war nicht gespielt.

Auch das Ganze vorher.

Es ist dein Schrottplatz, sagte ich.

Das Geld wäre uns nicht abhandengekommen, sagte er – also wenn ich's hätte privat machen lassen.

Dass du eine eigene Schatulle hast, ist mir schon lange klar.

Das hört sich an, als hätte ich eine.

Hast du nicht?

Schweigen.

Dann: Er hätte jedoch bedauert, nicht nach Kopenhagen gegangen zu sein.

Wegen deines anderen Sören.

Dass ich dich nicht vorher gefragt habe, dafür schäme ich mich, sagte er.

Ja, du hast es dir einfach gemacht, sagte ich.

Man hat es mir einfach gemacht, sagte er. Dem Prinzen, der Prinzessin werden wollte. Ich hätte es so gern solidarisch mit dir überstanden, sagte er. Das, was kein Zuckerschlecken war. Immerhin eine Art Geburt.

Du Schmerzensmann, sagte ich.

Bitte nicht Mann.

Mein jähes Bild: Wie er mit Glied in den OP hineingerollt, ohne wieder herausgerollt wird, verstümmelt.

Und nie mehr konnte ich ein Kind mit ihm haben.

Du hast mein Muttersein vernichtet, sagte ich bebend.

Er verstand sofort: Hättet du denn wirklich noch ein Kind gewollt, jetzt noch?

Es geht ums Prinzipielle, bebte ich weiter.

Es geht ums Konkrete: Würdest du noch auf einer Entbindungsstation liegen wollen oder nicht?

Da nicht sofort eine Antwort von mir kam: Siehst du, du hattest die Absicht nicht.

Vielleicht nicht die Absicht, aber den Wunsch.

Auch eine Art von Mord, setzte ich drauf. Das war natürlich ausgesprochen theatralisch, aber stimmte es nicht – letztlich? Er hatte mich existenziell außer Kraft gesetzt. Wir standen Auge in Auge, so als würden wir im nächsten Moment aufeinander losgehen.

Um aus der Spannung herauszukommen, wich ich in eine hämische Frage aus: Habe er auch rote Lackpumps im Koffer?

Hätte ich zu gern, sagte er beherrscht.

Meine blauen hatte er immer bewundert, aber eigentlich war er ja ein Rot-Enthusiast.

Männerfüße, liebe Grüße, sang ich.

Verachtete mich selber.

Wie um es wieder gutzumachen: Musst du noch mal nach Hamburg oder ist alles abgeschlossen?

Abgeschlossen wird es unten nie mehr sein, Gott sei Dank nicht, antwortete er.

Da hatte er, zugegeben, gut die Kurve gekriegt. Er ergänzte: Jetzt ist da jedoch noch eine Wundhöhle. Hörte sich für mich beinah schaurig an: Wundhöhle. Muss sehr aufpassen, sagte er. Du hast schließlich Elke, sagte ich. Auch die Adresse einer Frauenärztin, sagte er. In Bremen, Am Dobben. Hast du mit der eben gesprochen? (Er war mit seinem iPhone draußen hin und her gegangen.) Nicken. Wieder der fürchterliche Gedanke, er könnte sich in einen Mann verlieben – obwohl doch längst kategorisch von ihm verneint. Platzte auch damit raus. Völlig ausgeschlossen, sagte er noch einmal. Es geht nur mit einer Frau. Mit Elke zum Beispiel. Es geht so nicht, sagte er, es geht so nicht, es geht so nicht.

Wie geht es denn? Die Lage war: Sören hatte alles zerstört. Den Mann, den ich geheiratet hatte, gab es nicht mehr. Wir veranstalten eine Beerdigung, sagte ich. Tränen schossen mir hervor. Ich wollte einen Mann, und ich bekam ihn, sagte ich, leise schluchzend. Nun hat er sich selbst zurückgenommen, getötet. Er sagte nichts. Aber ich sah: Auch er war am Ende. Und wenn wir jetzt einfach alles so ließen, wie es war, einfach mit dem Gegebenen weiterlebten, ohne dass sich etwas änderte, beispielsweise kein neuer Name an der Tür? Wie wolltest du eigentlich heißen? fragte ich. »Wolltest« wohlgemerkt.

Maria, sagte er. Aber ich wollte das nicht, ich will.

Er besaß sie ja nun auch: eine Vagina. Es war die Hölle.

Auf einmal, ganz ernsthaft, wünschte ich zu sterben. Passiert ja manchmal, dass man diesen Gedanken hat, aber dann ist es meist nur der Ausdruck einer Stimmung. Doch meine Situation, sie hatte nichts mit Stimmung zu tun, war Realität. Immer war für mich der Tod das Schlimmste gewesen, doch jetzt hätte ich ihn willkommen geheißen.

Eine Aussicht, würde ich sterben, fand ich sogar richtig schön: Ich könnte Birgit wiedersehen. Dazu müsste es allerdings ein ewiges Leben, also Gott geben.

Irgendwie hatte wohl auch Sören Gott auf dem Schirm, warf er doch plötzlich ein: Der Mensch erschafft sich übrigens selbst. Er ist sein eigener Schöpfer – von Gott gewollt.

Wo er das denn nun her habe? Seines Wissens sogar biblisch zu begründen, diese Vollmacht Gottes für den Menschen.

Lass mich mal nachdenken, sagte ich. Irgendwann, irgendwo hatte ich gelesen – ja, was genau war es?

Dann hatte ich's: Es ging um die griechisch-orthodoxe Kirche und ihre Überzeugung, dass allein Gott über das jeweilige Geschlecht entscheidet, und mit der Geburt offenbart er es. Jede menschliche Korrektur sei satanisch-anmaßend.

Das ist dir einfach so untergekommen …?
Glaube schon.

So als Vorrats-Info für den Fall, dass du sie mir gegenüber mal anbringen könntest.

Sei nicht albern, sagte ich.

Erneut kam er mit seiner Lieblingsheiligen: Kümmere dich um deinen Körper, damit deine Seele Lust hat, darin zu wohnen. Eben das war bei mir zu tun: den Körper meiner Seele angleichen.

Auf dass sie Zwillinge werden.

Das kam von mir ironischer, als er es auffasste: Du sagst es, gab er nämlich zurück – hell, beinah freudig.

Warum erschien er mir auf einmal wie ein Junge, den man in den Arm nehmen muss?

Sehe aber, du legst dir eine Mappe mit dir genehmen Zitaten an, sagte ich.

Mit wahren, sagte er.

Lass uns einen Bogen um diesen ganzen theologisch–religiösen Garten machen, sagte ich.

Wollte nämlich nur eines: meine Wut behalten.

Er: Ach, Erdbeere … (Mit Schimmer in den Augen?)

Bin doch gar keine Beere, sagte, schluckte ich. Die Erdbeere ist eine Nuss. Wirklich?

Habe ich in einem Infoblatt von Aldi gelesen.

Dann sei doch wenigstens keine harte Nuss. Bitte.

Auf der Stelle musste ich wieder weinen.

Der Moment aber ging vorüber. Kalter Wind kehrte zurück, der der Endgültigkeit.

Es ist doch alles zu spät, sagte ich und tupfte mir die Tränen weg. Du hast Tatsachen geschaffen, die nicht mehr rückgängig zu machen sind. Was wollen wir da noch retten?

Uns, sagte er.

Ein »Uns«, das nur noch reiner Geist wäre.

Meine Stimme drückte aus, wie es war: hoffnungslos.

Als wir uns das erste Mal liebten, richtig liebten – er suchte, die Erinnerung zu fassen – da war es letztendlich auch nicht das Äußere, nicht unsere Körper, was uns überwältigte, sondern die pure Freude darüber, dass es uns gab. Und sie, diese Freude, sie war – alles.

Also, das stimmte. Und Wärme durchströmte mich wie ein Wiederaufleben.

Doch ich musste ja nüchtern bleiben: Wir sind noch nicht im Himmel, Sören.

Himmel ist auch auf Erden schon präsent, sagte er.

Du scheinst tatsächlich unter die Theologen gegangen zu sein.

Du wirst lachen, die Frau neben mir war Theologin.

Wie, neben dir?, fragte ich ahnend.

Es lag doch noch eine andere im Zimmer.

Richtig, war ja Frauenstation.

Und die wusste, weshalb du da warst?

Ja sicher, wusste sie. Sie hat mir sehr beigestanden.

Denke, bei dir war nichts beizustehen.

Habe doch gesagt: kein Zuckerschlecken, auch körperlich nicht.

Und bei der hast du dann Religionsunterricht genommen …

So könnte man es ausdrücken.

Und natürlich war ich des Teufels.

Quatsch. Aber sie hätte dich gern kennengelernt.

Ach –

Die Möglichkeit bestünde noch immer.

War einen Moment tatsächlich in Versuchung, das nicht ganz auszuschließen.

Was macht eine Frau, die Theologin ist?, fragte ich.

Sie arbeitet als Dozentin in einer Bildungseinrichtung.

Dass dieses Zusammenliegen interessant gewesen war, konnte ich mir vorstellen.

Sie war vollkommen hilflos, sagt er, konnte sich keinen Meter aus ihrem Bett bewegen.

Davor hätte ich eine Riesenangst.

Die Schwester ließ immer das Wasser laufen.

In meiner Jugend gab es Mädchen, die sich an der Wand verrenkten, um wie Jungen einen Strahl hervorzubringen.

Und, hast du's auch versucht?

Ich und Junge? Nie.

Kamen wieder auf das zurück, wo wir schon mal gewesen waren: dass man nicht jede Überzeugung demonstrieren muss, vielleicht nicht. Dass es manchmal genügt, wenn man sie hat.

Sich also als etwas fühlen, es aber äußerlich nicht zum Ausdruck zu bringen.

Zum Beispiel, sagte ich.

Und das hättest du auf Dauer akzeptiert?

Du hättest es mir ja nicht sagen müssen, was da in deinem Innern rumort. Im Ernst nicht? Ein Leben mit Geheimnis voreinander?

Nein, natürlich Schwachsinn.

Vergiss es, sagte ich.

Ich dachte immer, das Wichtigste wäre unsere Liebe gewesen, sagte er.

War es doch auch.

Aber jetzt verrätst du sie, unsere Liebe.

Da konnte ich wirklich nur lachen. Wer hier verraten habe, sei wohl keine Frage.

Paulus sagt …

Was Paulus oder deine Theologin gesagt hat, kannst du in die Tonne stecken. Bin verletzt, zutiefst verwundet, hörst du: zutiefst.

Musste ins Bad. Hatte es schon die ganze Zeit zurückgehalten.

Im Gasthaus hätten wir jetzt dieselbe Tür. Bestimmt zu seiner Freude. War ja schon glücklich, dass er jetzt zur Vorsorgeuntersuchung musste, weil nur Frauen Brustkrebs bekommen. Wie überhaupt: Schmerzen gehörten für ihn zur Frau. Irgendwie stimmt es ja, aber wenn er es sagte, kriegte ich Zustände.

Mitunter nannte ich ihn ein Donald-Duck-Exemplar. Einmal konnte er parieren: »Donald« habe auch die bekannte Ökonomie-Professorin McCloskey geheißen, als sie noch Mann.

Nun also Frau, nicht wahr?

Ließ sich schon in den Neunzigern operieren, sagte er.

Du kannst sie ja mal nach Bremen holen, sagte ich.

Da wird sie mit ihrer These vielleicht nicht so willkommen sein.

Welche propagiere sie denn? Dass die Welt besser werde, je mehr Menschen sich ein neues Geschlecht zulegten? Sie behauptet, der Kapitalismus sei es gewesen, der die Frau aus den gesellschaftlichen Fesseln befreit habe.

In der anderen Richtung der Jazzpianist Billy Tipton als Dorothy Lucille in Oklahoma geboren, spielte sie schon bald die männliche Geige, brachte es fertig, fünfmal zu heiraten, fünfmal, muss sich mal vorstellen, und alle Ehefrauen bekamen von ihr eine Erklärung für den so gar nicht männlichen Körper aufgetischt.

Die Welt ist ein Tollhaus.

»Follow me« gefiel natürlich auch mir, einfach zu gut, der Song. Da kann man schon mal vergessen, wer ihn vorträgt.

Hatte mit der Zeit selbst einen Blick für Einschlägiges in den Medien. In der FAZ, wieder mal dort, pries die Produzentin der amerikanischen Serie »Transparent« in hohen Tönen Geschlechtsumwandlung. Klar, wenn sie damit Kohle machte. Aber selbst wenn ich las, was Sören nicht las: Die Würfel waren gefallen.

Da einmal gerade Donnerstag war, sagte ich, heute liege die neue »Zeit« aus, eine gute Gelegenheit für ihn, sich bei Netzel blicken zu lassen.

Du jagst mich ja förmlich rüber.

Soll doch jeder sehen, zu welcher Lachnummer du verkommen bist.

Nur zu, sagte er, setz immer noch einen drauf.

Wie willst du es überhaupt mit unseren Eltern halten? Was meinst du, wie die reagieren werden?

Schweigen.

Deine Mutter bekommt einen Herzanfall, mindestens!

Warum, sagte, murmelte er, hassen es Frauen, wenn Männer wie sie werden – also Frauen. Hassen Frauen ihresgleichen?

Sie hassen es, wenn ihnen zugemutet wird, plötzlich mit einem anderen Wesen leben zu müssen. Ihre Wahl war schließlich eine andere. Heftig.

Zählt Liebe von Mensch zu Mensch gar nichts?

Geschlecht ist natürlich nicht alles, aber es ist viel. Wie mehrfach schon betont.

Womit wir wieder einig wären: Es bedeutet sehr viel. Deshalb ja auch mein Schritt.

Sigrid ist nach wie vor entsetzt!

Ja, Sigrid hatte ich auf meiner Seite. Dass sie sich verhalten hatte, wie sie sich verhielt, war ein Schlag für ihn gewesen. Meine Nichte hatte uns zu ihrer Hochzeit eingeladen. Wohnte in Hagen, angehende Apothekerin. Ich hatte die Familienbande wieder geknüpft und sie war zweimal bei uns gewesen. Sören verstand sich auf Anhieb mit ihr, es waren jedes Mal schöne Wochenenden. Habe ihr jedes Mal selbstgebackenes Brot mitgegeben. Nun also ihr großer Tag, und natürlich sollten wir dabei sein. Meine Bitte an Sören, diesmal dringlicher als sonst, um Gottes willen nichts erkennen zu lassen. Obwohl: Hochzeit, viel falsch zu machen war da nicht. Keine Reaktion aber seinerseits, er ließ es dabei, dass ich meinen Warnschuss abgegeben hatte. Dann aber der Paukenschlag: Sigrid lud Sören aus, ich sei willkommen, nicht aber er. Grund: sein Brief. Ich ahnte, ich ahnte. Und ahnte natürlich richtig. Sören hatte ihr geschrieben, hatte ihr mitgeteilt, sie, Sigrid, werde ihn zwar vor sich haben, doch der äußere Schein trüge. Und dann sein Sermon. Berichtet hatte er sogar, was nicht einmal ich wusste, dass er sein Kern-, sozusagen Erweckungserlebnis auf einer Zugfahrt nach Genf gehabt habe, im Restaurantwagen. Plötzlich, wirklich von einer Sekunde zur anderen, sei er von der leuchtenden Gewissheit durchdrungen gewesen, dass er es ja längst sei: Frau, es nicht erst durch eine OP werden müsse (»Venus ohne Vagina«). Ein grandioser Schock da im Zugrestaurant, und ein Glücksgefühl ohnegleichen. Ein Rausch. (Da hatte er unbewusst den richtigen Ausdruck benutzt. Nach einem Rausch erwacht man in der Regel, wird nüchtern. Ein Stadium, das Sören leider nie erreichte. Und auf die OP hat er ja erst recht nicht verzichtet: Es musste, es musste, es musste der Körper einer Frau sein.) War nicht eingeschnappt, dass er mir selbst von seinem Erweckungserlebnis bisher nicht berichtet hatte, war im Gegenteil froh, davon verschont geblieben zu sein, hatte mir schon zu viel anhören müssen. Und auf seine Sternstunde in Sachen weibliche Ich-Findung war ich beileibe nicht scharf. Für Sigrid bedeutete Sörens Bekenntnis den kompletten Bruch, er war für sie gestorben, was als erstes hieß, er hatte bei ihrer Hochzeit nichts zu suchen. Verstand ich ja, trotzdem war die aktuelle Situation natürlich eine sehr ungute: Sollte ich allein fahren? Sigrid bat eindringlich darum, und Sören machte auch nicht den geringsten Versuch, mich zurückzuhalten. Also reiste ich. Nun war ich davon ausgegangen, dass Sigrid ihren Zukünftigen von der Absage unterrichtet hatte. Dem war aber nicht so. Als ihr Mann (Diplom-Forstwirt) hinterher dann doch von der Sache erfuhr, hatte das die erste Krise ihrer Ehe zur Folge, weil: Er fand Sörens Haltung total mutig, indes … Jedenfalls, der erste Krach war da.

Sören wusste davon nichts.

Ritt immer wieder auf dem Wort »Geburt« herum, seine natürlich.

Wenn schon Geburt, dann Totgeburt, höhnte ich. Wie gesagt, ich schreckte vor nichts zurück.

Einer seiner fortwährenden Rettungsversuche: die Installation des Schwesterlichen, zurückzuführen hauptsächlich auf Birgit. Wir beide in Zukunft als Schwestern.

Elke, versteht sich, eingeschlossen.

Ja, warum nicht?

Da Schwestern mitunter auch Röcke trügen, sehe er sich natürlich im gleichen Outfit.

Rock zu tragen ist wunderbar, sagte er.

Ein Rock liefert vor allem aus, biss ich.

Er kann so schön schwingen, sagte er. Ist so mädchenhaft.

Er ist die perfekte Einladung, verstärkte ich.

Befürchtest du, ich könnte vergewaltigt werden?

Mit einem halben Lächeln.

Aber fast hätte ich es ihm gewünscht. In jener Minute, ja.

Wir kamen allmählich in Teufels Küche.

Du läuft nur noch in Hosen herum, sagte er.

Besser so als verkleidet.

Verkleidet als Frau, willst du sagen.

Für mich bist du ein Mann, der sich als Frau verkleidet, sagte ich. (Zum wievielten Male eigentlich?)

Mit andern Worten: Du hältst mich für schizophren.

Wenn du es so nennst.

Ich weiß mit uns nicht mehr weiter, sagte er, wieder mal in Flower-Blouson mit Rosen- und Mintezweigen, Stehkragen.

Zum Kotzen.

Die Hilflosigkeit war ihm anzusehen.

Die abgrundtiefe Traurigkeit auch.

Weiß mir auch keinen Rat, sagte ich.

Kommt Zeit, kommt Rat. Er lächelte schwach.

Wir warteten, warteten ab. Äußerlich geschah nichts, und wir vermieden auch alles, was zu einem Ereignis hätte werden können. Leben im luftleeren Raum, sozusagen. »Bloß nicht dran rühren«, war die unausgesprochene Devise. Stürzten uns auf Dinge, die mit uns nichts oder wenig zu tun hatten. Einmal, auf dem Gang zur Apotheke, sah ich, dass man im Dorf nun einer Frau namens Rosa gedachte. Jüdin, die aus Worpswede verschleppt und erst nach Theresienstadt, dann nach Treblinka verfrachtet worden ist. Hatten bisher nie von ihr gehört. Jetzt war, sehr richtig, ein Platz nach ihr benannt. Abraham der Nachname. Rosa, meinte Sören, würde ihm gefallen. Weiter wagte er sich nicht vor, dass er damit seinen möglichen neuen Vornamen meinte, lag ohnehin auf der Hand. Dies nur als Beispiel dafür, dass wir alles in der Dämmerung beließen.

Nur einmal wurde Sören etwas konkreter, als er den Anruf ansprach, den ich von seinem Rotenburger Oberarzt bekommen hatte. Mit dem war er in ein längeres privates Gespräch geraten, und natürlich ging's auch und vor allem um unser häusliches Drama. Sören war dabei auf viel Verständnis gestoßen, und der Arzt hatte schließlich, ganz von sich aus, erklärt, er werde sich mit mir telefonisch ins Benehmen setzen. Was auch geschehen war, immerhin fast eine halbe Stunde haben wir geredet, das heißt, ich habe ihm meist zugehört. Schließlich resignierte er, ich hörte richtig, wie er schwer atmete. Wie aber hätte er meine Einstellung ändern können? Ja, seine Stimme war mir angenehm, überhaupt fand ich's sympathisch, dass ein Arzt, nicht mal Psychotherapeut, sich so engagierte, doch wo nichts zu holen war. – Einen Film wie »Eine neue Freundin« sahen wir uns zwar an, weil er von Ozon war, und diesen Regisseur schätzten wir beide außerordentlich, doch sahen wir ihn halt nur. Sagte erst ein paar Tage später, ungewollt: Deine neue Freundin werde ich ganz bestimmt nicht. Dass es in dem Film um den Austritt aus der polaren Geschlechtlichkeit gegangen war, um neue Sichtweisen, blieb unerörtert. Oder wir wichen auf Nebenschauplätze aus, so als die Dokumentation über eine Frau des 17. Jahrhunderts lief, die sich mit der Metamorphose der Schmetterlinge befasst und dabei wertvolle wissenschaftliche Einsichten gewonnen hatte. Eine für die damalige Epoche sicher ganz ungewöhnliche Tätigkeit einer Frau, daher allen Lobes wert, in das auch wir einstimmen durften, ohne in Gefahr zu kommen, dadurch in die gefährliche Zone,

unsere, zu geraten. Eines Abends, der Uhrzeiger war
schon ganz in der Nähe der Zwölf, fiel mir die Frau
aus den belgischen Ardennen wieder ein, jene, die in
dem Arte-Film vorgestellt worden war und bei der ich
sofort gedacht hatte: so und nicht anders. Fast musste ich lächeln, weil: Wir waren ja Vertraute. Und die
Zeit war reif fürs Wegerecht, meines. Nicht das des
Mittelwegs. Der, wie bekannt, führt zum Tode. Was
wäre mein Tod gewesen? Das Unhaltbare auszuhal-
ten, unübersehbar lange. Der richtige Tod musste her,
der tödliche. Das Ende mit Schrecken statt des Schre-
ckens ohne Ende. Klare Sache, glasklare. Der Himmel
jener Nacht war's auch: prächtig und makellos.

Lecker, der Reis mit den Kirschen. Das Frühstück
morgen nehme ich schon nicht mehr hier ein. Ob ich
von meiner Zelle aus das breite Wolkenband erkennen
kann, das sich laut Wetterbericht im Laufe des Tages
zwischen Schwarzwald und Flensburger Förde bilden
wird? Dass ich überhaupt noch Radio gehört habe.
Als ob es das letzte Mal gewesen wäre. Zäsur aber ist
es heute. Sollte mir noch einen Matcha-Tee gönnen.
Total trendy, hatte Silke geschwärmt, aufgeklärt von
ihrer Sportlehrerin. Grottig teuer allerdings auch. Aber
man fühlt sich wie neugeboren, wie über den Wolken.
Nur: Was habe ich noch über den Wolken verloren?
Kann höchstens noch zu ihnen aufblicken. Vom Boden der Tatsachen, dem steinharten. Doch gut, dass
ich vorhin noch mal über alles gewischt habe. Hätte
jedoch Silke von dem Tee was mitgeben sollen. Mir
leider nicht eingefallen, zu dumm. Hat sie vielleicht
sogar erwartet. Wie Conz, als er vorhin die Grappaf-

lasche sah. Hatte selbst aber noch keinen genommen. War ja auch noch früh am Tage. Damit ist aber nun wirklich Schluss, vorläufig. Sehr vorläufig. Das nun freilich kein Verlust. Ist ja einmal zu mir ins Bett geschlüpft, meine Silke – wie ein vertrautes Tier. Bei »Tanti« hat sie's dauernd gemacht. Würde aber schon gern wissen, ob sie bei andern sagen wird: Mein Vater war eine Frau. Umgehauen hat es sie ja nicht. Wie kann auch Unwirkliches einen umhauen? Sollte oben die Birne noch auswechseln. Eigentlich den ganzen Tag dort dämmrig. Mich da nur aufgehalten, um das Fenster zu putzen. War nie richtig sauber. Ist auch Westseite. Stiefkind-Fenster. Wie gedrängt die Dächer von hier oben wirken. Erkenne den Wagen der Polin. Habe sie gefragt, wie viele der von ihr gemalten Bilder sie verkauft. Silke konnte sich mit denen ja nun gar nicht anfreunden, verstörten sie. Erinnern ja auch an Chirico. Tat mir aber gut, dass ich Silke was von dem Schmuck aussuchen ließ. Anders als die Bilder gefiel ihr fast alles, was die junge Frau anfertigt und da ausliegen hat. Na, jung? Sieht streng aus. Entschied sich für die beiden Armreifen, das Kind. Du kannst auch ruhig noch die Kette nehmen, sagte ich, die, die sie gleich beim Eintritt im Blick hatte. Mich bedrängen Ketten, auch wenn sie Schmuck sind, Halsketten erinnern mich an die richtigen. Haben dann noch einen Pullover gekauft, einen, zu dem sie die bei der Polin erstandenen Teile gut tragen kann. Waren in richtig guter Stimmung, die hat die gefrorene Atmosphäre der Tage vorher aufgebrochen.

Bei Britta war Silke auch noch, früher mal ihre beste Freundin, allerdings nur probehalber- sie war eben vorsichtig. Nach ein paar Wochen zog sie sich zurück, ohne Britta zu verletzen. Die erzählte ihr jetzt, was seit kurzem bei Barnstorff im Schaufenster als Angebot hängt, als digitaler Gag, man geht ja mit der Zeit: »Ihr essbares Wunschfoto auf unserer Torte«. War mir noch gar nicht aufgefallen. Der Butterkuchen rutscht also nach hinten. Adieu, schöne alte Zeit.

Mit Conz eben habe ich nun überhaupt nicht gerechnet, ist aber seine Art, wenn er zum Beispiel bei Netzel sich was besorgt hat, rasch Guten Tag zu sagen. Dachte noch, als er reingeschneit war: Reich ihm gleich einen Grappa. Hätte auch gut zu dem Espresso gepasst. Doch der Mensch denkt, Gott lenkt. Verknäuelte Situation diesmal. Denn einerseits wusste er natürlich, was geschehen war, hatte auch sicher was von den Ermittlungen mitbekommen und schloss daher wahrscheinlich nicht aus, dass man mich festnehmen könnte (ja, hielt er mich wirklich für die mögliche Täterin?), andererseits druckste er herum wegen der Ausstellung, die er mit Arbeiten von Unica Zürn plant und wo er mich gern wieder für den Katalog gewonnen hätte, aber wenn man sitzt, wie soll man da einen Katalog erstellen?

Merkte richtig, in welch verzwickter Lage er sich sah: Nicht zu wissen, ob meine erwünschte Mitarbeit möglich, da ich vielleicht vor der Festnahme, das machte ihn ganz zappelig (und beinah musste ich lächeln). Für mich war's auch ein bisschen stressig, da ich null Ahnung hatte, wer um Himmels willen diese Unica Zürn war. Gehört hatte ich den Namen schon mal, meinte, dass es sich um einen rätselhaften Typ handelte. Conz entging sie nicht, meine Unsicherheit (mir in diesem Fall echt peinlich), doch da er ein Mensch des Erzählens, brauchte ich nur zuzuhören und konnte mir bald einiges zusammenreimen.

Freute mich natürlich, dass er darauf spekulierte, mich für den Katalog zu gewinnen, hätte es auch gern übernommen, nur – eben eine schaukelnde Situation, und Conz ließ sie auch bewusst schaukeln, wollte mich nicht in Verlegenheit bringen. Dass ich bei Zürn an meine Schweizerin aus Lausanne dachte, konnte natürlich nicht ausbleiben, ja auch in der Anstalt, diese Unica, schizophren. Wird dem Surrealismus zugeschlagen, was ja kein Wunder bei ihrer Anlage. Zuerst allerdings anscheinend sehr strahlend, bis sie dann mehr und mehr verwitterte, sich schließlich aus dem Fenster stürzte. Habe mich jedenfalls sehr interessiert gezeigt. Conz überlegte noch, ob er Zürn mit Jeanne Mammen kombinieren soll, um einen größeren Rahmen zu bieten. Musste da schon wieder passen, ein weiteres Mal aus seinen Erläuterungen saugen. Mit über 80 in ihrer Behausung am Ku'damm aktiv, die Mammen, toll. Was nicht so toll, ist die Absicht von Conz, die Farblithographien von ihr zu zeigen, denn die: ein zeichnerisches Hohelied auf die lesbischen Liebe, und diese Thematik, Kunst hin oder her, mein Ding nicht. Ließ das bei Conz aus, doch es zu erwähnen wäre ... Am liebsten wäre mir (gewesen): die Kataloggestaltung zu Anita Rée, hochbegabte, aber ebenso hochzerrissene, weil ewig selbstzweifelnde Hamburger Malerin – mit einem selbst gewählten Ende in Kampen auf Sylt (1933). Eben diese Endzeit und die in ihr entstandene Kunst der jüdischstämmigen Hochbegabten lassen Conz keine

Ruhe, beschäftigen auch mich. War sie mal in Worpswede? Nichts liegt näher. Wie Paula hatte sie sich in der Anfangszeit zur schöpferischen Blutzufuhr nach Paris begeben. (Nebenbei: Rée hieß ja auch der frühe Freund von Nietzsche, und wie seine Namensverwandte setzte er – jüdischer Herkunft ebenfalls – den Schlusspunkt selber, davon geht man aus.)

Wahrhaftig kehrte Conz noch mal zurück, also, er war fast schon eingestiegen, da kam er ein weiteres Mal rein, um sich einer zusätzlichen Sünde anzuklagen, seiner Todsünde: der, Natascha Ungeheuer, die doch praktisch Worpswederin, bisher nicht ausgestellt zu haben - und zwar gültig (es hörte sich an wie „endgültig gültig"). Mit bitterem Gesicht: Aber was der Mensch müsse, ohne Wenn, ohne Aber, davor fliehe er. Conz, mein guter Conz, indem er sich auf den Menschen allgemein zurückzog, fischte er doch nach Entlastung.

Wieder fast draußen: Eines aber werde ihm dabei wichtig sein (was denn jetzt noch?), dass zur Vernissage dann Musik von Lili Boulanger, wozu stehe der Flügel da? Der Bogen von der Musik zur Malerei, bei wem biete er sich mehr an als bei Natascha Ungeheuer? Zwei reife Leistungsträgerinnen, selbst wenn Lilli schon mit 24 sich habe verabschieden müssen.

Auf meine Zustimmung verzichtend, verschwand er nun wirklich endgültig.

Lili Boulanger, man lernt ja nie aus.

Die Worpsweder Schulstunden aber, sie waren zu Ende.

Aha, es läutet, also ist es so weit. *For whom the bell tolls.* Will sie aber ein bisschen warten lassen, meine

Kommissarin, leiste ich mir. Beim Herumgehen in unserer Wohnung war sie einmal am längsten Regal stehengeblieben, hatte »Wem die Stunde schlägt« herausgezogen und im Band flüchtig geblättert. Sollte ja mal die Erinnerungen von Hemingways Schwester übersetzen. Nicht nur sie in der Frühzeit süßes kleines Mädchen, ihr Bruder auch, kleidermäßig. Und Rilke durfte ja ebenfalls nicht kleiner Junge sein, musste als Mädchen entzücken. Sören, völlig hirnrissig: Insofern aber nicht verkehrt, weil der Dichter tatsächlich eine Frau. Ich, ziemlich perplex: Nach deinem Muster –? Glaubte er doch tatsächlich, dass Rilke trans, nur habe dies damals, aufgrund der zeitlichen Umstände, bei ihm noch nicht durchdringen können, sei vielmehr in einer Assimilierung ans Weibliche untergegangen. Gaga.

Bei der Beerdigung hatte die Kommissarin wahrhaftig einen Mantel in Knallrot an, stand ganz am Rande, sah sie aber wegen der brüllenden Farbe sofort. Nicht gerade das Angemessene für eine Beisetzung. Na ja, sah sich wohl als Außenstehende. Was ich Anfang der Woche las: Neapel nicht nur eine Camorra-, sondern auch eine Trans-Stadt. Deshalb also Sören Drang dahin. Und alle mit BH wären von ihm gemustert worden: neue Frau vielleicht? Er hasste Männer, wie er seine Mutter hasste. Hätte sich bei Florine Stettheimer einhaken können. Die amerikanische Malerin gab zu Lebzeiten eigene Bilder auch deshalb nicht aus der Hand, weil sie fürchtete, ein Mann könnte eines erwerben und sich ins Schlafzimmer hängen, mit Männern habe sie nämlich rein gar nichts am Hut gehabt. Sagte wer? Beim vorigen Mal natürlich Conz.

Muss doch immer etwas aus dem Hut ziehen. Dabei der größte Skeptiker, den man sich vorstellen kann. Ob etwa, unter Umständen, eine Nudelsuppe nicht wichtiger sei als eine Skulptur oder Bild von Giacometti? Ja, das sind so seine Erwägungen. Und meine?

Froh kann ich wenigstens sein, dass die Beerdigung problemfrei über die Bühne gegangen ist. Sie kamen und verschwanden, nach Schnittchen, Butterkuchen und Korn, Doppelkorn. Das schöne, tiefe Behagen: Bin selbst noch mal davongekommen. (Nun doch noch einen Grappa? Dürfte mir diesmal ruhig in die obere Etage steigen.) Mulmig wurde mir nur, als Sörens Mutter hinterher mit einem Flakon erschien: Wie denn das Parfüm zu ihm ins Zimmer gekommen sei? Und »Jour d'Hermès?« Sei ihr noch nie begegnet. Hatte erst losplatzen wollen: Wie schön, dass selbst du mal was nicht kennst, verkniff es mir aber noch rechtzeitig. Kannte es ja ebenfalls nicht, noch weniger wusste ich, was es bei Sören zu suchen hatte. Er nämlich benutzte »Chanel Nr. 5«, witzigerweise wie ich. Nein, fand ich überhaupt nicht witzig. Der Flakon jedenfalls wurde benutzt. Sehr geheimnisvoll.

Alles andere war zum Glück schon weggeräumt, in weiser Vorahnung von mir. Also die einschlägigen Bücher, Artikel und vor allem die Sachen. Ihr inneres (vielleicht auch äußeres) Kreischen, hätte die Mutter vor Augen gekriegt, was da oben sich alles fand bei ihrem Sohn. Was, wäre das Gynokadin ihr die Hände gefallen, dieses Höllen-Gel (und sicher verantwortlich auch für seinen Bauch). Ist jetzt bei mir, das Ganze, obwohl es riecht, nach Verderben. Dachte zuerst an Container, denn was sollte ich damit? Konnte es aber irgendwie nicht. Eine Tüte von Hunkemöller stand aber noch ganz hinten im Schrank, stieß da heute Morgen noch drauf. Das mit diesem Flakon beschäftigt mich ja noch immer. Hat sich Elke bedient? Wäre mir aufgefallen, da ihr Duft doch ein anderer. Über meinen will er zu mir gefunden haben, so Sören in glücklichen Tagen, und er meinte auch den von unten, mit Freesien verglich er ihn, aber der ist lange schon hin, weshalb ich auch nichts gegen die nächtliche Trennung hatte, es riecht zwar nicht gerade nach Fisch im südlichen Bereich bei mir, nach schlechter Seife aber allemal.

Dass Sören inzwischen oben schlief, hatte seine Mutter sofort geschluckt: Der Junge müsse ja seine Ruhe haben. So hatte ich meine Ruhe. Dass aber das Corsagen-Hemdchen weg war: wie das? Konnte es beim Wegräumen nicht finden. Das mit Rotenburg hätte aber nicht sein müssen, diese Ladung vorher war zu viel. Ganz und gar unnötiges Vorspiel. Ihn immerhin besucht, wenn wir uns auch fast nichts zu sagen hatten, insofern beinah ein Segen, dass die Widrigkeiten des Eingriffs (Galle) Gesprächsstoff abgaben. Dachte aber die ganze Zeit so bei mir: Was denen wohl beim Anblick seines Körpers durch den Kopf gegangen ist. War jedoch nicht mein Problem. Mein Problem lag noch vor mir, aber das Schöne war: Ein richtiges Problem stellte es gar nicht dar. War ja beschlossene Sache. Er hatte gewählt und gehandelt, seine Freiheit mit der Preisgabe unserer Ehe erkauft. Unsere Ehe aber war ein Sakrament, von uns selbst in Kraft gesetzt. Liebe aus zweierlei Fleisch. Damit kann man nicht verfahren wie mit einer Ware. Augen zu und durch? Meinetwegen soll es erlaubt sein, eine Ehe weiterzuführen, auch wenn der andere ins gegenteilige Geschlecht gejettet ist, sollen das die so handhaben, denen Ehe nicht mehr bedeutet als ein Schmuse-Pakt in der Disco. Was und wen hat Sören nicht alles ins Feld geführt, um seinen Standpunkt (ja, auch seine Hoffnungen) an die rosa Wand zu malen, zuletzt jenen Offizier, jene Offizierin, die es bis in alle Medien brachte. Erst im Generalstab der Bundeswehr, steht sie jetzt an der Spitze eines Bataillons, die Frau Oberstleutnant. Karriere, gelungene Selbstverwirklichung? Für mich glatte Fahnenflucht. Da lobe ich mir den Kommandeur im US-Staat Tennessee. Der hat auf seinem Stützpunkt eine Vanity-Fair-Ausgabe aus den Clubräumen entfernen lassen, nicht weil auf dem Titelblatt eine Frau in sexy Dessous sich streckte, sondern weil die kurvenreiche Dame ein Ex war, Ex-Mann, einst ein berühmter Sportler, ganz oben angelangt, der sich aber dann mit über 60 ins andere Geschlecht hatte operieren lassen. Gefiel dem Kommandeur gar nicht. Salutiere, Herr Oberst. Amerika hat eben auch sein Gutes. Dass Hemingway, durch den Tick seiner Mutter, ihn als Mädchen auszustaffieren, später mit der Identität seine Probleme hatte, er das Thema auch in seinen Werken unterbrachte, wen kann es wundern. (Sein nie abgeschlossener Roman »Der Garten Eden« ist mir, ich gebe es zu, irgendwie lieb, er berührt mich, obwohl er sich doch auf besagtem Terrain bewegt.) Trotzdem erstaunlich, dass Sören nicht auch Hemingway ins Körbchen geholt hat.

Friere auf einmal doch. Was jetzt schön wäre: Badewasser einzulassen, mich auszuziehen, langsam, mich in die Wanne hineinzubegeben, zu beobachten und zu spüren, wie das Wasser steigt und steigt. Darf es mir leider nur ausmalen. Nicht mit Kerzen freilich. Kerzen im Bad: dass ich nicht lache. Wie die Kommissarin es bloß so lange aushält, dass ich nicht öffne. Ja, warte noch ein Weilchen. Alle, bei denen ich das Thema Geschlechterumwandlung angesprochen habe, haben abgewunken, nicht eine, die sich dafür erwärmen konnte. Bei Tilda habe ich unser Drama ja mal angeschnitten, rein theoretisch: Stell dir vor, Sören würde eines Tages damit kommen, er wäre in Wahrheit Frau. Hätte mir aber in dem Moment, als ich es sagte, die Zunge abbeißen können: Würde sie nicht Verdacht schöpfen? Tat sie aber nicht, keinerlei Anzeichen. Himmel, war ich froh.

Was wohl aus der Wohnung wird? Was aus diesem und jenem? Bin ja völlig ausgeliefert. Vergangene Woche, in demselben Blatt, in dem das mit Neapel stand, las ich, dass eine Italienerin 70 Jahre in einem Irrenhaus festgehalten wurde, 70! Irrer geht's doch nicht. Vielleicht schicken sie mich auch dahin, einen Gutachter kriege ich doch ganz bestimmt aufgehalst. Noch schnell aufs Klo. Wie kindisch stolz Sören war, dass er sich jetzt dabei setzen musste, getan hat er's natürlich vorher auch schon oder sich hingehockt, wenn wir mal draußen unterwegs waren. Und wenn die Kommissarin mich nach dem Bad abtrocknen würde und ich mich dann hinlegen dürfte, für immer hinlegen?

Birgit hat mal gesagt: Auf Tat folgt Untat. Habe ich eine Untat begangen? Der Täter war Sören. Und seine Schwester der Engel. Einer, der aus den Wolken gestürzt ist, jedoch hinaufgehoben wurde zu Gott, den es nicht gibt. Wie sehr liebte sie Worpswede, auch und gerade den Weyerberg, der ja aber gar kein Berg ist, nur so eine Welle in der Landschaft, aber wie schön, wie schön.

Mit Birgit hätte sich alles aufgelöst. Sollte nicht sein. Nichts bei uns sollte sein, wie es sein sollte, und ihre Ordnung müssen die Dinge haben, die Dinge des Lebens. Ist das nicht auch deine Meinung, Mond? Rosanna Cash hat ja ebenfalls eine ganz bestimmte Meinung: God is in the roses. In der Zelle wohl nicht, liebe Rosanna. Trotzdem sehr schön, was du da singst, irgendwie tröstlich. Aber es laufen lassen … Es laufen lassen, wenn's nicht gelaufen ist, das darf nicht sein. Und endlich leben muss ich schließlich auch wieder, da wirst du mir zustimmen, Mond. Sehe, es ist schon hell hinterm Kamm, gleich wird er hervorschauen, der alte Zauberer, ganz wie im Lied. Ist doch Vollmond, nicht wahr? Bei Vollmond passiert immer was. Wie jetzt, denn es läutet erneut, kräftig. Und nun muss ich öffnen.